SV

Band 1041 der Bibliothek Suhrkamp

Alejo Carpentier
Die Hetzjagd

Roman

Aus dem Spanischen von
Anneliese Botond

Suhrkamp Verlag

Titel der 1956 veröffentlichten Originalausgabe: *El acoso*
Deutsche Erstveröffentlichung 1977 unter dem Titel *Die Verfolgung*
in dem Band *Krieg der Zeit*
Für die vorliegende Separatausgabe wurde die
Übersetzung von Anneliese Botond neu durchgesehen

Erste Auflage 1990

Satz: IBV Satz- und Datentechnik GmbH, Berlin
Druck: Nomos Verlagsgesellschaft, Baden-Baden
Printed in Germany

Die Hetzjagd

I

Sinfonia Eroica, composta per festeggiare il sovvenire di un grand'Uomo, e dedicata a Sua Altezza Serenissima il Principe di Lobkowitz, da Luigi van Beethoven, op. 53, No. III delle Sinfonie ... Und das Zuschlagen der Tür brach, ihn aufschreckend, seinen kindischen Stolz, diesen Text verstanden zu haben. Die Fransen des roten Vorhangs streiften seinen Kopf und fielen, mehrere Buchseiten umblätternd, an ihren Platz zurück. Aus seiner Lektüre gerissen, verband er Gedanken an Taubheit – der große Taube, die nutzlosen Hörrohre – mit der Empfindung, den Tumult, der ihn umgab, neu wahrzunehmen. Vom Wolkenbruch überrascht, machten die Konzertbesucher, die verstreut über die Freitreppe herunterkamen, kehrt und gingen, lachend und die Nachdrängenden zurückschiebend, die sich über nackte Schultern hinweg mit Zurufen verständigten, ins Vestibül zurück, aufgehalten vom Regen, der in den Vertiefungen des Sonnendachs sich sammelte und wie aus Kübeln über die Granitstufen ergoß. Obgleich es schon zum zweiten Mal läutete, blieben alle hier stehen, Trauben von Menschen, um den Geruch von Feuchtigkeit, von frisch gewässertem Rasen, von Platanenlaub einzuatmen, der zusammen mit dem Dampf der Erde und der Baumrinden, in denen sich nach langer Dürre die Risse schlossen, die Gesichter erfrischte. Nach dem erstickenden Abend entspannten sich die Körper, spürten das gleiche Aufatmen wie die zwischen den Laubengängen des Parks weit geöffneten Pflanzen. »Gutes Wetter für das, was ich weiß«, murmelte einer mit Blick auf eine Frau, die, das Gesicht von einem Fuchspelz verdeckt, am Gitter der Kasse lehnte und den dahinter sitzenden Mann offenbar nicht als Mann betrachtete, da sie sich eben mit sicherer, ungenierter Bewegung – anscheinend war es ihr gleichgültig, daß er es sah – dem lästigen Druck eines höchst intimen Kleidungsstückes entwand. »Hinter Gitter wie Affen«, sagten die Logenschließer im Scherz von dem Kartenverkäufer, der im Unterschied zu den anderen Kartenverkäufern immer bis zum Ende der Konzerte blieb, obwohl es ihm gestattet war, nach Kassenschluß um zehn zu gehen, mochte die Dienstvorschrift auch festlegen: »Eine halbe Stunde vor Beendigung der Veranstaltung«. Er wollte die mit dem Fuchspelz demütigen, ihr zu verstehen geben, daß er sie gesehen hatte, und so ließ er mit Kassierergeschicklichkeit eine Handvoll Münzen über die schmale Marmorplatte des Zahltischs rollen. Die Frau streckte das Gesicht aus dem Pelz, sah auf seine über das Geld gehaltenen Hände – immer schauten sie nur auf seine Hände – und führte die gleiche Bewegung noch einmal aus. Eine solche Schamlosigkeit bewies ihm, daß er nicht existierte für diese Frauen, die in dem Wunsch, sich da aufzuhalten, wo ein Spiegel ihnen das Bild ihrer Frisuren und Kleider zurückwarf, das Vestibül bevölkerten. Die Pelze, bei solcher Hitze umgelegt, trieben Feuchtigkeit auf Nacken und Décolletés, und um sich die Last vom Halse zu schaffen, ließen die Frauen sie herabfallen, so daß sie zwischen Ellenbogen und Ellenbogen baumelten wie üppige Jagdgehänge. Der Blick floh das unerreichbare Nahe. Jenseits des zur Schau gestellten Fleisches war der Park, waren die jetzt dem Platzregen überlassenen Säulen, und hinter dem Park und den in Nacht getauchten Portalen das herrschaftliche *Haus mit dem Aussichtsturm* – ehemals eine Villa zwischen Pinien und Zypressen – heute flankiert von dem häßlichen mo-

dernen Gebäude, wo er unter den letzten Kaminen eine Dienstbotenkammer bewohnte, deren Giebelfenster sich als zusätzliches geometrisches Element den Rhomben, Kreisen und Dreiecken einer abstrakten Wandmalerei einfügte. In dem herrschaftlichen Haus, dessen altes Gemäuer, mochten auch die Ziervasen und Balkongeländer bröckeln, sich wenigstens das Prestige eines Stils bewahrte, wurde offenbar eine Totenwache abgehalten, denn auf der sonst wegen zuviel Sonne oder zuviel Schatten stets menschenleeren Dachterrasse waren bis zum ersten Donnerschlag Schwärme von Menschen zu sehen gewesen. Liebevoll betrachtete er von unten das verwahrloste, aus Armut ungepflegte Stockwerk. Es war den schlecht beleuchteten Wohnhäusern seiner Heimat so ähnlich, darin Kerzen, zwischen abblätternden Wänden und verhangenen Vogelbauern für einen Toten angezündet, der Prunkbeleuchtung eines Tabernakels gleichkamen, auch wenn der Hausrat neben dem glänzenden Silberblech der Kandelaber sich desto ärmlicher ausnahm. Für eine Totenwache wurde unter den Dächern mit den Wassernasen Gepränge aufgeboten, wurden strahlende Lichter angezündet, die manchmal nur zu deutlich die Spinnennetze an den Deckenbalken oder den gelbbraunen Sand der Holzwürmer erkennen ließen. (Dann mußte einer wie er, der ein Musikinstrument lernte, der Nachbarschaft erklären, daß Üben keinen Verstoß gegen die Trauer bedeute, daß die wenn auch schülerhaften Versuche in »klassischer Musik« nicht unvereinbar seien mit dem Schmerz über den Tod eines Verwandten ...)
In diesen Tagen verbirgt er sein Gebrechen vor der Welt. Er ist allein mit seinen Dämonen, der verletzten Liebe, der Hoffnung und dem Schmerz. Wenn er hier auf dem hohen

Hocker vor dem zerschlissenen Damastvorhang in diesem schubladenschmalen Kassenraum saß, dann war es, weil er zum Verständnis des Großen gelangen wollte, weil er bewunderte, was andere mit Türen umstellten, die seiner Armut verschlossen blieben. Angesichts dieses molligen, an den Schulterblättern wie mit Daumen eingedrückten Rükkens, der über dem herabhängenden Fuchspelz an den dünnen Gitterstäben lehnte, gab ihm dieses Bewußtsein seinen Stolz zurück. *»Der hohe Mut, der mich oft in den schönen Sommertägen beseelte – er ist verschwunden«, schreibt er in seinem Testament. Was bleibt, ist Grabeskälte und der Geruch des Nichts. In diesen lichtlosen Tagen schreit Beethoven verzweifelt auf in dem einsamen Heiligenstädter Haus...* Er hatte wieder zu lesen begonnen, ohne länger an die anderen zu denken, die im Glanz von Juwelen und gestärkter Wäsche an den Spiegeln zu den Säulen, von der Treppe zu den Lyren und Sistren der Skulpturen wandelten, während der Dirigent, die Pause verlängernd, die Hörner das Trio aus dem Scherzo – Jagdsonaten hinter der Bühne – wiederholen ließ. »Hinter Gitter wie Affen«. Aber er wußte wenigstens, daß der Taube eines Tages die Büste eines Mächtigen zertrümmert und diesem selbst die Worte entgegengeschleudert hatte: *»Fürst, was Sie sind, sind Sie durch den Zufall der Geburt; was ich bin, bin ich durch mich.«* Wenn er nachts eine solche Arbeit übernahm, dann geschah es, um dahin zu gelangen, wohin die Schmuckbeladenen und Herausstaffierten, die immer nur seine auf der Marmorplatte des Kassenschalters sich bewegenden Hände sahen, niemals gelangen würden. Die Frau entfernte sich plötzlich vom Gitter und hob den Pelz wieder auf die Schultern. Unter dem anschwellenden Stimmengewirr letzter Gespräche kehrten alle eilig in den Saal zurück, dessen Beleuchtung von oben herab erlosch. Die Musiker betraten die Bühne, nahmen ihre auf den Stühlen zurückgelassenen Instrumente zur Hand; die Posaunen kehrten auf ihre erhöhten Sitze zurück; die Fagotte kamen hoch, Mittelpunkt im Stimmen der Instrumente, das von einem gellenden Triller beherrscht wurde; die Oboen erklangen in pastoralen Fermaten, sobald die Mundstücke mit Kennermiene ausprobiert waren. Alle Türen wurden geschlossen bis auf die eine, die bis zur ersten Bewegung des Dirigenten angelehnt bleiben würde, damit Nachzügler auf Zehenspitzen noch eintreten konnten. In diesem Augenblick wurde eine mit höchster Geschwindigkeit fahrende Ambulanz so brutal gebremst, daß sie sich querstellte. »Einen Sitzplatz«, sagte eine hastige Stimme. »Irgendeinen«, fügte sie ungeduldig hinzu, während die Finger einen Geldschein durch die Gitterstäbe schoben. Als der Mann sah, daß die Karten schon verwahrt waren und nach Schlüsseln gesucht wurde, um sie herauszuholen, tauchte er, ohne abzuwarten, in die Dunkelheit des Saales. Aber nun kamen zwei andere, die gar nicht erst zur Kasse gingen, sondern gerade noch hineinliefen, als die letzte Tür geschlossen wurde, und unter den Konzertbesuchern, die ihre Plätze aufsuchten, verschwanden. »He«, rief der hinter dem Gitter. »He«, aber seine Stimme ging im rauschenden Beifall unter. Vor ihm lag ein neuer Geldschein, den der Ungeduldige hingeworfen hatte. Obwohl er nicht wie ein Ausländer aussah, mußte er ein großer Musikliebhaber sein, da eine Sinfonie, am Ende eines Konzerts aufgeführt, ihm den fünffachen Preis des teuersten Sitzplatzes wert war. Seine Kleider, andererseits, waren zerknittert wie die von Leuten, die denken. Ein Intellektueller, ein Komponist vielleicht. *Aber plötzlich vernimmt der Mann in seiner Agonie eine Antwort auf sein Flehen. Aus den Wäldern ringsumher, wo die künftige Pastoralsinfonie unter dem Oktoberregen schlummert, antwortet der geheimnisvolle Hörnerklang der Eroica dem Hilferuf des Testaments…* Der Geldschein, der sich steif und warm wie Löschpapier anfühlte, schien in seiner pulsierenden Hand zu schwellen. Eine Brücke schob das Kassengitter beiseite, erstreckte sich quer durch die Wände, verlängerte sich bis hin zu der Wartenden – er konnte sie anders nicht denken als wartend im Halbdunkel ihres Eßzimmers, wo die Schmuckteller hingen und wo sie mit den trägen, so sehr ihr eigenen Bewegungen den nach Sandelholz duftenden Spitzenfächer von den Schläfen zur Brust und von den Kniekehlen zum Nakken führte, um ihn im Schoß wieder ruhen zu lassen. Die Frau in der Pause und ihre schamlose Geste, der dunkle Pelz über der schwitzenden Haut, die nach der Kühle der Metallstäbe tastenden Schultern hatten ihn erregt. Aber noch konnte der hastige Besucher wiederkommen und seinen Teil an dem Geldschein zurückverlangen, den er mit der Freigebigkeit eines großen Herrn auf die Marmorplatte geworfen hatte. Die Biographie, die aufgeschlagen vor ihm lag, hatte ihn zudem gelehrt, Fürsten und großen Herren zu mißtrauen. Mit einer resignierten Handbewegung, ganz verschieden von der, die nach der langen Vorbereitung und sehnsüchtigen Erwartung eigentlich ein Ausdruck des Jubels hätte sein müssen, lüftete er den Damastvorhang, der ihn vom Saal trennte, wo die Musiker durch die lautlose Stille in Habtachtstellung erstarrt waren. *Sinfonia Eroica, composta per festeggiare il sovvenire di un grand'Uomo.* Zwei kurze Akkorde erklangen, und unter einem Schauer von Trillern nahmen die Violoncelli ein

Trompetenthema auf. *In den von Nottebohm gesammelten Aufzeichnungen gibt es drei Fassungen dieses Anfangs*, stand in dem Buch. Aber das Buch wurde mit einem kräftigen Schlag zugeklappt. Der Leser atmete tief den in das menschenleere Vestibül strömenden Geruch von Erde, von Blättern, von Humus, der ihn an die Hinterhöfe seines Dorfes nach einem Regen erinnerte, wenn in den Wassertrögen die Dauben anzogen und sich die Enten vergnügt im trüben Wasser tummelten. So roch es nach sommerlichen Regenschauern auch in dem Geräteschuppen, wo er so oft auf einem unbenützten Brutkasten gestanden und, durch ein Mauerloch spähend, dem Bad der Witwe, dieser in endloser Trauer hart gewordenen Frau, zugesehen, ihren Körper betrachtet hatte, der noch so glatt war unter dem Seifenschaum, der in milchigen Bahnen langsam von ihrem Leib über die Schenkel auf die Beine hinabglitt, die von den Knien abwärts plötzlich die Beine einer alten Frau wurden. Er hatte das Geheimnis dieser straffen Brüste gekannt, dieser geschwungenen, noch immer für Männerarme geschaffenen Taille zwischen der zänkisch schrillen Stimme, ausgeleiert vom Unterrichten der Kinder aus der Nachbarschaft und den im ewig gleichen Alltagstrott fleischlos gewordenen Fesseln. Die Erinnerung an diese Frau, die ihm vor nicht allzu langer Zeit das Notenlesen beigebracht hatte, während er, den Takt schlagend, sich vorstellte, was unter den immer wieder schwarz nachgefärbten Kleidern verborgen lag, gewann schließlich, zusammen mit den aufreizenden Vorfällen dieser Nacht, die Oberhand über seine Gewissensbisse. Niemand hier konnte sich rühmen, sich mit größerer Demut als er, nach wochenlangem Studium bei aufgeschlagener Partitur vor den alten, aber noch klangreinen Schallplatten, der Sinfonie genähert zu haben. Dieser erst jüngst berühmt gewordene Dirigent konnte sie nicht besser dirigieren als der hervorragende Spezialist auf der Schallplatte, derselbe, der – er noch Student, sie neunzigjährig – eine Chorsängerin aus der Uraufführung der »Neunten« kennengelernt hatte. Er konnte es sich leisten, sich das im Konzert Gebotene nicht anzuhören, ohne sich deshalb am Andenken des Genies zu versündigen. »Buchstabe E«, sagte er, als er den Einsatz zu einer zarten Phrase für Flöten und erste Geigen vernahm. Und rannte in großen Sprüngen die Treppe hinunter, ließ sich ansprühen vom Regen, der von den schweren schmiedeeisernen Straßenlaternen abprallte. In dem Gefühl, diesen Geldschein zu besitzen, der ihn für eine ganze Nacht zum Herrn des Hauses ohne Uhren – und der gegen alles Klopfen und Rufen verschlossenen Türen – machen würde, erschien ihm sogar der Wollgeruch seiner durchnäßten Kleider plötzlich als etwas Lustvolles, Intimes, Komplizenhaftes. Und wenn sie gemeinsam erwacht sein und dem Gezwitscher der Kanarienvögel gelauscht haben würden, würde ihn noch das letzte Geschäker in der Küche erwarten, die mit dem sandelholzduftenden Fächer unter den Frühstückstöpfen angefachte Glut und der Geschmack der frischen kleinen Brötchen, frühmorgens dem Briefkasten in den Mund geschoben, wo die Sonne sie warm halten würde, die über die federgeschmückte Indianerin der Bäckerei hinweg auf das ihr gegenüberliegende Haus fiel.

(... dieses Stoßen wie mit Ellenbogen, das meine Brust sprengt; dieser gurgelnde Bauch; dies oben unter eisigen Stichen aussetzende Herz; dumpfe Schläge, aus der Mitte herauf, sich entladend in meinen Schläfen, meinen Armen und Schenkeln; ich atme in Krämpfen; der Mund genügt nicht, die Nase genügt nicht; die Luft kommt in kurzen Schüben, füllt mich, staut sich, erstickt mich; entströmt in trockenen Stößen und läßt mich ausgepreßt, eingefallen, leer zurück; dann das Aufbäumen der Knochen, das Knirschen, der Satz nach oben; über mir, an mir aufgehängt, bis das Herz in einem eisigen Schlag kippt und die Rippen freigibt, um sogleich unterhalb der Brust auf mich einzuschlagen; dieses trockene Schluchzen verbeißen; dann atmen und Atmen denken; auf die eingeatmete Luft pressen; nach oben öffnen; jetzt pressen, langsamer: eins, zwei, eins, zwei, eins, zwei... Wieder das Hämmern; es pocht gegen die Rippen, nach unten, durch alle Adern; mit mir pocht, was mich trägt; der Boden unter mir pocht; die Rückenlehne pocht; mit einem dumpfen Ruck bei jedem Pochen pocht der Sitz; die ganze Reihe hindurch muß dieses Pochen zu spüren sein; gleich wird die Frau neben mir, die den Fuchspelz hochhebt, mich anschauen; der Mann weiter drüben wird mich anschauen; alle werden mich anschauen; wieder diese gestaute Brust; diesen Mundvoll angehaltener Luft, die mir die Backen bläht, ausstoßen. In den Nacken getroffen, dreht sich der Mann vor mir um, schaut mich an; sieht, wie mir der Schweiß von den Haaren rinnt; ich bin aufgefallen; alle werden mich anschauen; da, auf der Bühne ein Getöse, alle wenden sich dem Getöse zu. Nicht diesen Hals anschauen; er hat Pickelnarben; der ausgerechnet mußte hier sein, der einzige im ganzen Parkett, und mir so nahe vor Augen halten, was ich nicht anschauen darf, was ein Zeichen sein kann; dem die Augen auszuweichen, höher zu schauen, tiefer zu schauen versuchen, bis sie mir übergehen und verschwimmen; die Zähne zusammenbeißen, die Fäuste ballen, den Bauch zur Ruhe bringen – den Bauch zur Ruhe bringen –, um dieses Schlingern der Eingeweide anzuhalten, dieses Zerreißen der Nieren, das mir den Schweiß auf die Brust treibt; ein Stich und noch einer; ein Ansturm und noch einer; mich gegen mich pressen, gegen den Erdrutsch in meinem Innern, dieses Aufwallende, mich Überschwemmende, mich Zerreißende; mich zusammenziehen über dem, was bohrt und brennt, die Regungslosigkeit erreichen, zu der ich verurteilt bin, hier, wo mein Kopf mit den Köpfen auf gleicher Höhe bleiben muß. Ich glaube an Gott den Allmächtigen, den Schöpfer des Himmels und der Erde, und an Jesus Christus, seinen eingeborenen Sohn, empfangen durch den Heiligen Geist und geboren von der Jungfrau Maria, gelitten unter Pontius Pilatus, gekreuzigt, gestorben und begraben, abgestiegen zu der Hölle, am dritten Tag wieder auferstanden von den Toten... Lange kann ich nicht mehr kämpfen; ich zittre vor Hitze und vor Kälte; wenn ich meine Handgelenke umfasse, fühle ich sie zucken wie die Hühner, die frisch geschlachtet auf den Küchenboden geworfen werden; die Beine übereinanderschlagen – noch schlimmer; als ob sich der übergeschlagene Schenkel in meinen Bauch ergösse; alles sackt ab, dreht sich, siedet, jagt Schaum auf, der in mir hochkommt, seitlich herabfällt, quer durch den Leib geht; das Kollern in meinem Bauch: die anderen werden es hören, werden sich umdrehen, wenn das Orchester leise spielt; ich glaube an Gott, den Allmächtigen, den Schöpfer des Himmels und der Erde; ich glaube, ich glaube, ich glaube. Auf einmal beruhigt sich etwas. »Es geht mir besser; es geht mir besser; es geht mir besser«; etwas so lange wiederholen, sagen sie, bis man es glaubt... Was kochte, scheint ruhiger zu werden, sich zu erholen, irgendwo stillzustehen; sicher kommt das von der Haltung; sie beibehalten, mich nicht bewegen, die Arme kreuzen; mit einer ungeduldigen Handbewegung macht die Frau ihren Fuchspelz zur Grenzwehr; ihre Handtasche rutscht, fällt zu Boden; alle drehen sich um; sie bückt sich nicht, um sie aufzuheben; alle werden glauben, daß ich es bin, der Lärm gemacht hat; die von hinten schauen mich an; sicher sehen sie, daß ich gelb bin, daß meine Backen eingefallen sind; mein Bart ist in den letzten Stunden gewachsen, er sticht in meine Handflächen; ich komme ihnen sonderbar vor mit diesen Rockschultern, durchnäßt von Schweiß, der mir auch von den Haaren tropft, langsam über meine Backen, meine Nase rinnt; außerdem sind meine Kleider nicht geeignet, sich unter all diesem Luxus zu zeigen. »Verlassen Sie diesen Raum«, werden sie sagen, »Sie sind krank, Sie riechen schlecht«; wieder ein großes Getöse auf der Bühne, alle wenden sich dem Getöse zu... Ich muß achtgeben, daß ich regungslos bleibe; alle Kraft zusammennehmen, um mich nicht zu bewegen; keine Aufmerksamkeit erregen; nur um Gottes willen nicht auffallen; ich bin rings von Leuten umgeben, von ihren Körpern geschützt, zwischen ihren Körpern verborgen; ein Körper, unter viele Körper gemischt; immer zwischen den Körpern bleiben; nachher mit ihnen zusammen hinausgehen, langsam durch die Tür, durch die die meisten Leute gehen; mir ein Programm vors Gesicht halten wie ein Kurzsichtiger beim Lesen; am besten, wenn viele Frauen da sind; umringt sein, eingekreist, verdeckt... Oh, diese Instrumente, wie sie mir in die Eingeweide schlagen, jetzt, wo es mir besser geht; der da auf seine Pauke haut: mit jedem Schlag schlägt er mir in die Brust; die da oben, die so laut zu mir herüberspielen mit ihren Stimmen, die aus schwarzen Röhren kommen; die Geigen, als ob sie die Saiten zersägten, reißen, knirschen an meinen Nerven; es wird lauter, immer lauter, es tut mir weh; da, zwei dröhnende Keulenschläge; noch einer, und ich schreie, aber alles ist aus; jetzt klatschen... Alle drehen sich um, schauen mich an, zischen, legen den Finger auf die Lippen; nur ich allein habe geklatscht; nur ich allein; von allen Seiten schauen sie mich an; von den Logen, aus dem Parkett; als ob das ganze Theater über mich herfallen wollte; »Dummkopf!« Auch die Frau mit dem Fuchspelz sagt »der Dummkopf!« zu dem Mann weiter drüben; alle wiederholen sie »Dummkopf, Dummkopf, Dummkopf!« Alle reden sie über mich; alle zeigen sie mit Fingern auf mich; ich spüre, wie sich ihre Finger in meinen Nacken, in meinen Rücken bohren; ich wußte nicht, daß Klatschen hier verboten ist; sie werden den Platzanweiser rufen: »Werfen Sie ihn hinaus, er ist krank, er riecht schlecht; sehen Sie nur, wie er schwitzt...« Das Orchester spielt wieder; etwas Ernstes, Trauriges, Langsames. Und jetzt das sonderbare, unfaßliche, unerklärliche Gefühl: ich kenne doch, was sie da spielen. Ich begreife nicht, wie ich das kennen kann; ich habe nie so ein Orchester gehört, und ich verstehe nichts von Musik, der man so zuhört – wie der mit den geschlossenen Augen, wie die zwei, die sich an den Händen halten –, als ob man einer heiligen Handlung beiwohnte; aber die Melodie, die sie jetzt spielen, könnte ich beinahe mitsummen und den Takt angeben bei diesem erst Anhalten, dann ein Fuß vor und noch einer, langsam, wie beim Gehen, diesem In-etwas-Hineingehen, wo zuerst dieser rauhe Ton vorherrscht, dann die Flöten kommen und danach diese gewaltigen Schläge, als wäre alles zu Ende und müßte neu beginnen. »Wie schön ist dieser Trauermarsch«, sagt die Frau mit dem Fuchspelz zu dem Mann weiter drüben. Ich habe keine Ahnung von Trauermärschen; und ein Trauermarsch kann nicht schön und auch nicht angenehm sein; vielleicht habe ich neben der Schuhmacherei einmal einen gehört, als sie den schwarzen Kriegsveteranen beerdigten und die Kapelle neben der Artillerieprotze marschierte und der Regimentstambour rückwärts ging; und da ziehen sie sich an und machen sich schön und holen ihre Juwelen heraus, um Trauermärsche zu hören?... Aber jetzt erinnere ich mich, ja, ich weiß es wieder, ich weiß es. Tagelang habe ich diesen Trauermarsch gehört, ohne zu wissen, daß es ein Trauermarsch war; Tage und Tage war er neben mir und überall um mich, ging mir im Traum nach, lag mir im Ohr, wenn ich nicht schlafen konnte, in allen meinen Ängsten war er zugegen; Tag für Tag flog er wie ein Schatten böser Vorbedeutung über mich hin, wirkte auf die Luft ein, die ich atmete, drückte auf meinen Körper, als ich an der Mauer hinfiel und alles Wasser erbrach, das ich getrunken hatte. Das konnte kein Zufall gewesen sein; das war im Haus nebenan gewesen, weil Gott es so gewollt hatte; nicht Menschenhände hatten diese Musik für einen Trauerzug mit gedämpften Trommeln und verschleierten Gestalten so nah zu mir gebracht; Gott war es gewesen, der im *Nachher* ist wie im Brennholz das Feuer, ehe es Feuer wird. Gott, der nicht verzieh, der meine Gebete nicht wollte, der sich abwandte von mir, als ich die Worte sprach, die ich in dem Buch mit dem Kalatravakreuz gelernt hatte; Gott, der mich auf die Straße warf und einen Hund auf den Trümmern bellen ließ; Gott, der den Hals mit den schrecklichen Pickelnarben so nah vor mein Gesicht setzte; den Hals, den ich nicht anschauen darf. Und nun verkörpert er sich in den Instrumenten, die er mich in dieser Nacht, geleitet von den Donnern seines Zorns, zu hören gezwungen hat. Ich stehe vor dem Herrn, der in einem Gesang sich offenbart, wie er sich in einem brennenden Dornbusch offenbaren konnte; so wie ich, erleuchtet und geblendet, ihn wahrgenommen habe in der Glut, die die Alte an ihr Gesicht hob. Nun weiß ich, daß kein Sünder je so beobachtet, so sehr aufs Korn des göttlichen Blicks genommen wurde wie der, der in Gefangenschaft fiel, in die schlimmste Falle, vom unerbittlichen Willen dahin geführt, wo eine Sprache ohne Worte ihm nun die jüngst vergangene Zeit als Sühneopfer auslegt. In diesem Theater sind die Rollen verteilt, und das Ende des Spiels ist im *Nachher* festgelegt – *hoc erat in votis!* – wie die Asche im Brennholz... Nicht diesen Hals anschauen, nicht hinsehen; auf einen Punkt am Boden starren; auf einen Fleck im Teppich; auf das Tamburin, das oben auf der Bühnenumrandung abgebildet ist; Gott Vater, Schöpfer des Himmels, erbarme dich meiner; ich habe dich nicht vergeblich angerufen; du weißt, daß ich deiner gedacht habe; in meinen Klagen vertraue ich noch auf dein Erbarmen, vertraue ich auf dein unendliches Erbarmen; ich bin zu weit von dir entfernt gewesen, aber hat nicht oft eine Sekunde der Reue – die Sekunde, da dein Name gerufen wird – genügt, einen Wink deiner Hand zu erwirken, der die Qualen stillt, der die Meute verwirrt?... Der Trauermarsch hat geendet, unvermittelt wie jemand, der eine Bitte, ein Flehen entgegennimmt und mit einem einfachen Ja antwortet, das alle weiteren Worte erübrigt. Und das war, als ich sagte, daß ich auf Sein Erbarmen vertraue. Stille. Zeit der Besinnung, der Ruhe. Eine Stille, die der Dirigent, den Kopf gesenkt, die Arme hängend, noch ausdehnt, damit von dem Verklungenen etwas nachklingt. Schon pochen meine Adern nicht mehr so, das Atmen tut nicht mehr weh. Zum Glück habe ich diesmal nicht geklatscht... »Ich bin gespannt auf das...« (was?), sagt die Frau im Fuchspelz, ohne auch nur auf das Programm zu schauen. Ein Wort, das ich nicht richtig verstanden habe. Nun begreife ich, warum die in der Reihe nicht in ihr Programm schauen; begreife, warum sie zwischen den einzelnen Stücken nicht klatschen: die Stücke müssen in einer bestimmten Folge gespielt werden, so wie bei der Messe das Credo auf das Evangelium und das Offertorium auf das Credo folgt; jetzt kommt etwas wie ein Tanz, danach die fröhliche, hüpfende Musik, wo am Schluß Trompeten geblasen werden, lang wie die, die die Engel auf der Orgel in der Kathedrale meiner Erstkommunion an den Mund gesetzt halten; noch fünfzehn, vielleicht zwanzig Minuten; dann werden alle klatschen, und alle Lichter werden angehen. Alle Lichter.

Das Haus war noch warm von einer Anwesenheit. An dem zerwühlten Bett und den ringsum verstreuten Kippen von Maispapier-Zigaretten waren die Spuren abzulesen. »Warte«, sagte sie und ging die Laken wechseln und die Kissen aufschütteln. (Die in den Bauern schlafenden Kanarienvögel, der Geruch von Federn, Vogelfutter, Brotkrumen. Der Hund, der schläfrig die Schnauze vorstreckt, gewöhnt, nicht zu bellen. Der Feuchtigkeitsfleck an der Wand, der an eine verwischte Landkarte erinnert. Oben die dunklen Deckenbalken, Imitation der Mahagoniimitation in den Provinzsalons. Der Zuber, während des Regens im Patio aufgestellt für die morgige Haarwäsche. Und, griffbereit, die rosa Karbolseife.) Und da war dieses Parfum, das er jedesmal mit Wonne wiederentdeckte, wenn er es schon vergessen hatte, weil sein Geruchssinn es automatisch mit einer Vorstellung von erwartungsvoller Nacktheit verband. »Konditionierter Reflex«, sagte er sich, während er, wie jedesmal, feststellte, daß von dem Augenblick an, da er an die Tür klopfte, Gedanken, Empfindungen und Handlungen in ebenso unabänderlicher Folge in ihm abliefen, wie es das letzte Mal gewesen war und das nächste Mal sein würde. Das *Heute* wiederholte sich in einem Begehren ohne Datum – es konnte das gestrige, es konnte ebensogut das morgige *Heute* sein –, das mit den gleichen Worten über die Schmuckteller im Eßzimmer wiedererstand, oder wenn er sagte, wie hübsch das Kätzchen, wie es in seinem Korb schläft, mit dem Glöckchen am Hals. Immer wurde die Unterhaltung auf die gleiche Weise eröffnet: er sei in letzter Zeit nicht gekommen, weil ihn sein Studium so in Anspruch nehme; sie gehe nie aus, sei auch nicht verliebt. Sie habe eine Lampe gesehen, hier gleich um die Ecke, und er versprach sie ihr mitzubringen, wenn er das nächste Mal komme. (Oder es war eine Schachtel Turrón, ein gesticktes Kissen ...) Sie lachte, glaubte nicht recht an sein Anerbieten, setzte sich dann eine Weile auf seine Knie, und sobald sie aufstand, um das Licht auf dem Nachttisch anzuzünden und ein Tuch über das Muttergottesbild zu werfen, erstarb das Gespräch. Diesmal aber mußte irgend etwas passiert sein. »Beinah hättest du mich nicht angetroffen. Seit Tagen kommen sie und drohen mir; daß sie mich aus dem Viertel jagen werden, daß sie mich ins Frauengefängnis bringen werden. Und ich bin doch eine anständige Person.« Er betastete sie mit gierigen Händen, streichelte die laue Wärme ihrer Kniekehlen. »Ich bleibe die ganze Nacht«, flüsterte er ihr ins Ohr, damit das Haus abgeschlossen würde. Aber er fand sie sonderbar leblos, schlaff, ganz in ihrem Gedanken befangen. »Ich geh aber nicht ins Frauengefängnis; ich will nicht aus dem Viertel weg; hier weiß jeder, daß ich eine anständige Person bin.« Sie schien dem Vorfall etwas verstörend Schwerwiegendes beizumessen. In seiner Ungeduld, ihr Selbstgespräch zu beenden, versuchte er den Vorfall zu verharmlosen durch ein Gebärdenspiel des Achselzukkens, an die Adresse derer gerichtet, die ihr gedroht hatten. »Eine Inquisition, eine wahre Inquisition betreiben die jetzt.« Sie redete im Kreise, kam auf das Frauengefängnis, den Umzug, die Inquisition zurück, als sei sie unfähig, an etwas anderes zu denken. Bei jeder Wiederholung bauschten sich die Drohungen in ihren Worten auf, bis sie Stationen einer wahren Höllenwanderung wurden. Sie baute sich zur einzigen Bedrohten, zum Opfer einer Verfolgung, zur Märtyrerin dunkler Machenschaften auf; in dieser Überhöhung ihrer Leiden lag eine Art leidenschaftliches Verlangen, sich wegen der erlittenen Demütigung zu bemitleiden. »Jetzt wollen sie auch noch wissen, mit wem man Leben sucht.« Bei dem ungewöhnlichen Ausdruck fielen ihm plötzlich die Dächer und Tore seines Dorfes ein, das in den Felsen lag. Dort oben, wo die Drachenblutbäume im Wind knarrten, wo fleischige Blätter, schädliche Orchideen, scharfkantige und stachelige Pflanzen sich zu einem einzigen feuchten Gewirr verstrickten, das von Sonnenaufgang bis Sonnenuntergang den Tau bewahrte, pflegten nachts die Wolfshündinnen, Abkömmlinge von

Hunden, die sich irgendwann, vielleicht vor Jahrhunderten, von einer Sklaven hetzenden Meute abgesondert hatten, die Schnauzen zwischen den Felszacken hervorzustrecken. Und so gewaltig war der Ruf aus diesen über dem geilen Fleisch aufgerichteten und die Hitze verkündenden Schnauzen, daß die Rüden im Dorf winselnd die Köpfe hoben, ohne sich über die Grenze des Dorfes hinauszuwagen. Da liefen die vom Warten wütenden Tiere bis an den Rand der Dörfer hinunter und verströmten ihren Geruch im Wind, damit die Rüden kamen und unter Zerren und Beißen und Steinwürfen sie aufrissen und in sie eindrangen, und flohen erst in der Frühe in ihre Gebirgshöhlen zurück, um dort zu gebären. »Sie kommen Leben suchen«, sagten die Dorfbuben, wenn sie das Gebell der liebesdurstigen Hündinnen hörten, die beim ersten Schein der angezündeten Lichter hechelnd ihre Zitzen in den Staub der Wege gruben. »Sie kommen Leben suchen.« – »Und jetzt«, sagte sie, »wollen sie auch noch wissen, mit wem man Leben sucht.« Er küßte sie voll Ungeduld, fand aber nicht diese Nachgiebigkeit, dieses instinktive Anschmiegen des Fleisches an die Härte des Mannes. »Jetzt«, fuhr sie fort, »wollen sie wissen, wo der hingegangen ist, der hier wegging; ob er vielleicht in das Café am Markt geht und dort seinen Wein mit Ei trinkt.« Er faßte sie fest um die Mitte und sah auf das frisch gemachte Bett. »Die reinste Inquisition«, sagte sie immer emphatischer und legte den ganzen Nachdruck auf dieses eine Wort, das ihr nach Verhören und Kerkerverliesen, nach Ketten und Foltern für Gerechte schmecken mußte, weil sie das Ketzergericht vermutlich mit irgendeiner heidnischen Christenverfolgung verwechselte. Vielleicht hatte sie ähnliches in einer Kollektion von Gebeten gesehen, wie sie Rosenkranzverkäufer an den Fenstern von Klöstern und unbewohnten Häusern ausstellen. Da hingen am Schmiedeeisen, wie von Kerkergittern umrahmt, die von Dolchen durchbohrten schmerzensreichen Marien, die heilige Eulalia ohne Brüste, da bot die heilige Lucia ihre Augen in einem Trinkglas dar, wurde die heilige Rosa von einem schwefelatmenden Hund verfolgt und verbrannte in den Flammen ihrer Begierden die einsame Seele mit umschnürten Handgelenken in einem Höllenverlies. Geißelungen und Gliederausreißen, Vierteilungen und Verschlungenwerden von wilden Tieren waren auf den bunten Lithographien und Stichen dargestellt, dazu der Bratrost des heiligen Laurentius und das Sankt-Andreas-Kreuz. Für sie mußte dieses so oft wiederholte Wort Inquisition eine fürchterliche, mysteriöse Bedeutung haben und deshalb die Leiden ansehnlicher machen, welche die Drohenden ihr verursacht hatten – sicher Polizisten auf der Suche nach Informationen über einen, der sie häufig besuchte. Und weil sie sich schon ohne ein Haus dachte, darin sie ihren Hund, ihre weiße Katze und ihre Kanarienvögel unterbringen konnte, weil sie schon entlang den letzten Ausläufern des Hafens zum Frauengefängnis unterwegs und auf der Straße, zwischen Kielen gestrandeter Schiffe, verrostetem Eisenzeug und zerklüfteten Kohlebergen die Finger der Leute auf sich gerichtet sah, mußte sie sich sauberer, reiner vorkommen, weit mehr mit der eins, die alljährlich während der Karwoche das Haus vor allen Freiern verschloß und, reichlich Almosen austeilend und Kerzen anzündend, von einem Altar zum anderen ging. »Eine Inquisition«, wiederholte sie und strich sich geistesabwesend über das Haar. »Kauf etwas zu trinken«, sagte er, des Jammerns überdrüssig, und gab ihr den Geldschein, der ihm die Finger wärmte. »Und bestell Brötchen zum Frühstück«, fügte er hinzu, als er sie mit einem Regenmantel über dem kurzen Rock zurückkommen sah. »Er ist falsch«, sagte sie und reichte ihm den Schein zurück. »Er ist falsch. Die Scheine, auf denen der General so verschlafen aussieht, sind falsch...« – »Falsch?« wiederholte der Mann hilflos und betrachtete prüfend das Stück Papier, dessen schwarzgrüne Ziffern mit einmal jegliche Macht eingebüßt hatten. »Falsch?...« Wie in Erwartung einer Gnade kauerte er sich im Sessel zusammen und tastete nach den spärlichen Münzen in seiner Rocktasche. Nicht umsonst hatte der hastige Konzertbesucher diesen Schein durch das Gitter der Kasse geworfen: die Geste der Freigebigkeit war eine Geste des Betrugs gewesen. »Ich hab nicht mehr«, sagte er, und seine ganze Erwartung lag in seiner Stimme. »Vielleicht ein andermal«, murmelte sie und machte eine leichte Bewegung zur Tür hin, »heute nacht bin ich wirklich zu müde.« Er umklammerte die Frau, die ihn in Einsamkeit und zornige Enttäuschung hinausstieß, küßte den Nacken, die Arme, die Schultern eines leblosen Wesens, das ihm den Mund bot, solange er wollte, damit er sich desto gefügiger auf die Straße schieben ließ. »Paß auf, daß du nicht naß wirst«, rief sie ihm nach, weil der Regen stärker geworden war. In verbissenem Lauf rannte der Mann bis an den Unterstand am Markt, wo die Truthähne über ihrem Unrat die zerfledderten Köpfe aus den Käfigen streckten. Während er wie unter Zwang die Augen schloß, versetzte ihn der Geruch von Stall, von Hühnern, darein gemischt ein Duft von Gemüsegarten und Geackertem, in die Gegend der Großen Schlucht, an das Flußbett zwischen dem dichten Schilfbewuchs, das ihm so oft erlaubt hatte, den unsichtbaren Mann zu spielen. Gleich vom

Haus aus ging er im Flußbett, Lachen und Schlammstellen ausweichend – wahrhaft unsichtbar – durch die ganze Gegend; er kannte die bei Sonnenuntergang verlassenen Küchen, wo die ersten Fledermäuse die aufs Feuer gestellten Töpfe umflogen; er schnappte die heimlich im Schatten der Tiergehege geführten Gespräche auf; er hörte in der Sakristei die Wiener Schaukelstühle knarren und die Klatschgeschichten der alten Frauen, die sich zum Rosenkranz versammelt hatten, während der Palmkletterer Lämpchen für Heilige anzündete, die keine Kirchenheilige waren, und Lotterielose unter die Klinge eines Messers legte, dessen Griff einen Hahnenkopf mit korallenrotem Kamm darstellte. Hinter dem Schuppen des Schmieds, dessen Lieder sich immer auf unanständige Wörter reimten, stand der Stamm, der einer Liebelei zwischen Kindern als geheimer Briefkasten diente: eine Höhlung im Holz, darin Ameisen, eine Larve oder einen Halm Haferstroh schleppend, unter den Briefumschlägen durchkrochen. Gedichte, mit Bleistift abgeschrieben, waren durch diese Höhle gegangen, aufgeschriebene Schwüre, die Haarlocke und auch der lange, in Papier gewickelte Karamellutscher, bunt wie das Wahrzeichen eines Barbierladens und mit niedergeschlagenen Augen gekauft bei einem, der die Wahrheit hätte erraten und über das so ernst Gemeinte spotten können. Aber mit einmal war das Mädchen gewachsen, schienen ihre Glieder sich zwischen einer Verabredung und der nächsten gestreckt zu haben, war sie jedesmal schmalwangiger und aufgeschossener, unter den Kleinen fast eine Riesin. Eines Tages weigerte sie sich, sich wie früher mit ihm in einer Höhle am Flußbett zu verstekken, um aus den rosa Kernen eines Pinienzapfens Flöten zu machen und sie, auf der Suche nach dem besten Ton, von Mund zu Mund gehen zu lassen. Er war schüchtern geworden ihr gegenüber, die nun seine Welt verließ und sich bücken mußte, damit ihr Kopf nicht über die Felsen ragte, wenn sie am stehenden Wasser entlanggingen. Ihre Hüften rundeten sich, die Blusen spannten ihr, und sie ließ nicht mehr zu, daß man ihr wie früher die Achseln beschnupperte, damit man nachher »Ferkel« sagen und ihr mit gekrauster Nase den Beweis liefern konnte, daß sie nach Schweiß rochen. Eines Nachmittags brachte der Karren, der immer zum Bahnhof fuhr, ein nachgebautes Piano, auf dem die ewig trauernde Witwe sie lehrte, den Alexanderwalzer nach dem Gehör zu spielen. Dann fingen die Kaffeekränzchen an, das Gedichtdeklamieren, das Bummeln der Mädchen auf der Hauptstraße, eng um die Taille gefaßt, in vertraulichem Getuschel. Damals war es gewesen und aus Erbitterung, daß er ein glänzendes Instrument spielen lernen wollte, damit er in die Kapelle der Bezirkshauptstadt aufgenommen würde, denn dort wurde bei den Abendmusiken den Klapphorn- und Klarinettenspielern applaudiert, und zu größerer Berühmtheit waren ihre Namen am Notenpult angeschlagen... Die Erinnerung an die verlorene Unschuld erbitterte ihn vollends gegen die Frau, die ihn eben aus dem Hause geworfen hatte. Da glaube einer, solche Frauen könnten Freundinnen sein, wo sie doch nichts waren als das, was sie waren: Dirnen mit Vornamen, Kehricht mit Nachnamen. In dem Gestank der Truthähne, der Perlhühner, die Köpfe wie von Aasgeiern aus den Drahtgittern streckten, schnitt ihm das Buch – der Einband scharfkantig wie ein Vorwurf – in den Arm. Eine mit dem Absatz zerquetschte grüne Banane schickte ihren Alaungeruch in die Nacht. *Sinfonia Eroica, composta per festeggiare il sovvenire di un grand'Uomo*. Dem Zorn folgte die Beschämung. Nie würde er etwas erreichen noch von der Dienstbotenkammer loskommen, weg von den zum Trocknen über den Spiegel gehängten Taschentüchern, dem zerrissenen, über dem großen Zeh mit Bindfaden zugebundenen Strumpf, solange das Bild einer Prostituierten genügte, ihn vom Wahren und Erhabenen abzulenken. Er öffnete den Band, dessen Seiten sich im Licht einer Neonlaterne bläulich färbten. *Nach diesem großartigen Scherzo mit seinen Wirbeln und seinen Waffen das Finale: Gesang der Freude und der Freiheit mit seinen Festen und Tänzen, seinen jubelnden Märschen und seinem Lachen und dem reichen Gerank seiner Variationen. Aber inmitten der Freude erscheint wieder der Tod...* Noch war es Zeit, etwas davon zu hören. Er hielt ein Mietauto an, und als er im Theater ankam, erklangen hinter dem roten Vorhang eben die ersten Takte des Schlußsatzes. Der Türschließer, der keine Konzertbesucher mehr abzufertigen hatte, saß auf dem Hocker und döste über der Kassenschublade. »Dauert es noch lang?« fragte er, verwundert, ihn zurückkommen zu sehen. »Noch ungefähr neun Minuten«, antwortete er, und um mit seinem Wissen zu prunken, fügte er hinzu: »Gut dirigiert darf das Werk nicht länger als sechsundvierzig Minuten dauern.« Als er aufblickte, sah er abermals, schattenhaft durch den Regen, das alte, verfallene Haus mit dem Aussichtsturm, wo sich die Leute von der Totenwache wieder in dem Raum mit den brennenden Kerzen zusammenpferchen mußten. Er dachte an die Alte, die dort wohnte: einmal hatte er sie, auf dem Bett stehend, durch sein Dachfenster beobachtet und amüsiert zugesehen, wie sie mit einer grünen Kindergießkanne ihre Pflanzen begoß. Das war vor zwei Wochen – genau zwei

Wochen – gewesen, an seinem Geburtstag, als er sich mit dem kleinen, vom Vater ihm überwiesenen Geldbetrag die stark abgespielten, aber im Ton noch guten Schallplatten der *Sinfonia Eroica* zum Geschenk gemacht hatte. Es hatte ihn gerührt, wie sich die Alte im weißen Kopftuch über ihre Blumentöpfe und Tiegel mit Rosmarin und Minze bückte. So waren die Negerinnen in seinem Dorf zwischen den Felsen, wenn sie ihre Begonien stehenließen, sobald die Schatten länger wurden, um zum Abendgebet zu gehen, während im Wald die Wolfshündinnen ihr Geheul anstimmten in dem Verlangen, Leben zu suchen bei den hechelnden und verschreckten Haushunden. Der Gedanke kam ihm, es könnte die Alte sein, die gestorben war. Aber nein: diese Negerinnen wurden hundert Jahre alt. Manche von ihnen waren noch mit Fußeisen an den Fesseln im Raumdeck eines Sklavenschiffs hergekommen. Wenn sie ihn auszahlten, wollte er sie besuchen gehen, obwohl er sie nicht kannte, und ihr ein paar von diesen altmodischen Kuchen bringen, die ein Zuckerbäcker und Gitarrist neben der Engelskirche verkaufte, auf dessen Tabletts über dem spitzenbesetzten Tortenpapier Zuckergußkuchen, Heiligenknochen, Streuselschnitten, Meringen und Kapuziner auslagen, verziert mit grün und rot glänzenden kandierten Früchten und gefüllt mit sämiger Creme, die nach Minze, Granaten und Absinth schmeckte. Er mußte sie heute nacht am Leben wissen, brauchte diese Gewißheit als einen Reinigungsritus. Als er sich vor zwei Wochen die Platten der Eroica gekauft hatte, um sich auf die Aufführung im Konzertsaal vorzubereiten, war ihm dieses Tun eines Bach würdig erschienen, der zu Fuß bis nach Lübeck gegangen war, um Meister Buxtehude zu hören. Und als die große Nacht gekommen war, hatte er das erhabene Werk fahrenlassen um einer heißen Dirne willen. Er mußte die Alte in dieser Nacht am Leben wissen. Es war ihm ein solches Bedürfnis, daß er, sobald der Schlußsatz zu Ende war, zum Haus mit dem Aussichtsturm laufen würde, um sich zu vergewissern, daß nicht sie es war, die dort aufgebahrt lag.

II

Aber dies hast du in deinem Herzen verborgen,
ich weiß, daß dir dieses im Sinn war.

Hiob 10,13

Die Alte hatte sich in ihr schmales Eisenbett unter den Palmsonntagszweigen gelegt und, zusammengekrümmt, mit der fügsam-ergebenen Bewegung eines kranken Tiers gegen die Wand gekehrt. Am Ende jener langen Nacht, als der Beschützte bei ihr gewacht hatte, ohne den Arzt rufen zu können – und schon gar nicht den seit langem verstorbenen, nach dem sie verlangte, sobald ihr wimmernder Atem in Worte überging –, da hatte das eigentliche Eingeschlossensein begonnen. Bis dahin brauchte er bei allem, was des Tags kam und des Nachts eintrat, nur im zweiten Zimmer zu bleiben und auf die Warnzeichen der Wendeltreppe zu horchen, wo die langsam lauter werdenden Schritte auf den Holzstufen hallten. Er hatte die Zeitschriften, die sich die Alte von der Modistin im Erdgeschoß auslieh; er profitierte von dem überreifen Obst, das der Straßenverkäufer billiger ausrief; sogar das Verlangen nach Kaffee und Schnaps, um den man glasweise schicken konnte, ließ sich bei sparsamem Gebrauch der letzten Geldstücke befriedigen – denn der in der Gürtelschnalle zusammengefaltete Geldschein durfte nicht eher gewechselt werden, als bis von der Geschäftsstelle Bescheid gekommen war. Aber nun, da ein junger Arzt in aller Eile ein Rezept geschrieben hatte – es waren viele Stufen für ein so geringfügiges Honorar –, brachte man der Alten fast kein Essen mehr. Wenn man unter Essen versteht, was unter dem Zahn kracht, worin der Löffel stehen bleibt, was sich zerlegen und schneiden und tüchtig kauen läßt, etwas Herzhaftes, Kräftiges, wie ein wachsender, fast schon unerträglicher Hunger es dem Geist eines ganz Mund gewordenen Hungrigen eingibt. Zu den unvorhergesehensten Zeiten kam die Nichte und brachte eine Flasche Milch oder einen kleinen, in Zeitungspapier eingeschlagenen Topf Fleischbrühe. Deshalb hatte er sich in den Aussichtsturm flüchten und die Tür, die zur Dachterrasse führte, hinter sich versperren müssen. Seitdem Leute heraufkamen, um die Alte zu besuchen, hatten viele versucht, die Tür zu öffnen, um den Krankengeruch aus dem schmalen Zimmer mit den von der Sonne aufgeheizten Fliesen zu vertreiben. »Sie weiß selbst nicht, wo sie den Schlüssel hingetan hat«, sagte eine Männerstimme, jedesmal die gleiche, und dann rüttelte es mehrmals an dem Türflügel, den er mit Pflöcken und gegen den Boden gestemmten Latten abgestützt hatte. Und so hatte er schon zwei Tage, ohne etwas zu essen, in seinem Versteck verbracht: in diesen vier hohen, entfärbten und durchwärmten Wänden, zwischen der Westminsteruhr ohne Pendel und Zeiger und dem Koffer mit den verrosteten Schlössern, auf dessen Deckel noch das Papier klebte, auf das er eines Tages eigenhändig mit dem in Tusche getunkten Rasierpinsel in dicken Lettern POR EXPRESO geschrieben hatte. Ständig in Furcht, jemand könnte das wacklige Bettgestell ächzen hören, lag er Stunden und Stunden, die Pistole immer griffbereit, auf dem Boden dieses verwahrlosten Belvedere eines heruntergekommenen Herrenhauses, ausgestreckt auf dem grauen, wie Grabsteine verwitterten Marmor, der sich im Vergleich zu den heißen Fliesen der Dachterrasse, auf die der niedrigen Brüstung wegen kein Schatten fiel, etwas von ursprünglicher Frische bewahrte. Wenigstens die Nächte waren jetzt weniger schrecklich als die ersten, diese langsamen, endlosen Nächte, die er, auf dem Bauch unter dem offenen Fenster liegend, damit zugebracht hatte, seinen Schlaf zu überwachen und sich aufzuwekken, sooft ihm die Augen zufielen, weil Schlaf und Tod in seiner Angst eins wurden. Die offenen Augen bewiesen ihm die Wirklichkeit eines Sterns oder des am Leuchtturm kreisenden Scheinwerfers, aber sie weiteten sich auch vor Schrecken, wenn plötzlich ein Insekt hinter der Tür raschelte, ein im Bettgestell nachgebender Draht ihm ins Ohr dröhnte, weil er sich unruhig herumwarf, oder der Bodenwind den Ruß in den Ecken der Dachterrasse aufkehrte. In diesen ersten Nächten war alles, was verstohlen, sonderbar, überraschend klang, eine ständige, durch Qual abgeleistete Sühne gewesen. Aber kurz vor Tagesanbruch, wenn es aussah, als sei der Scheinwerfer müde geworden zu blinken, sank von oben eine Art Vergebung auf ihn herab. Mit dem ersten Aufschimmern des Meeres hörte er auf, sich zu überwachen, und schloß die Lider, einer Möglichkeit hingegeben, die ihre gültigen Schrecken nicht verloren hatte, ihm aber merkwürdig entrückt, fast erstrebenswert vorkam, wäre doch im Nicht-mehr-Erwachen alles gelöst und die Furcht vor allen körperlichen Leiden gewichen. Denn physischer Schmerz war ihm etwas Unannehmbares. So unannehmbar, daß er sich nun, gerade weil er Schmerz – und nicht nur das Stechende eines wirklichen Schmerzes, sondern selbst die Vorstellung von diesem Stechenden – nicht ertrug, in dieser grauenhaften Lage befand und das Ergebnis abwarten mußte, zu dem die Geschäftsstelle kommen würde. Aus diesen ersten Nächten war ihm die Gewohnheit geblieben, erst am frühen Morgen einzuschlafen, da er im Aussichtsturm bleiben mußte, damit er vom höheren Flachdach des modernen Gebäudes aus nicht gesehen wurde, diesem Treffpunkt der Wäscherinnen und Tummelplatz der Kinder – die Kinder waren die größte Gefahr –, das der seit langem in Mietwohnungen umgewandelten Kolonialvilla eine breite, fensterlose Wand zukehrte, geschmückt mit sinnlosen Malereien in Rot, Grün und Schwarz, die ihn an Signale und Warnzeichen einer Eisenbahn erinnerten, mochten auch in der Universität ein paar – von seiner Bande verachtete – Studenten behaupten, diese Hieroglyphen heroischen Ausmaßes entsprächen einem neuen Konzept von Dekoration. Wenn es Nacht wurde, die Alte mit der Näherin von unten den Rosenkranz gebetet und sich dann verabschiedet hatte mit ostentativem Gähnen, damit alle wüßten, sie werde nun zu Bett gehen, schlich er zur Tür, räumte die Stützen weg und fand im zweiten Zimmer, was die Alte ihm an Geschmortem oder dick und kräftig Eingekochtem hatte auftischen können, dazu die Morgenzeitungen, die er gierig nach einer Nachricht durchforschte, die vielleicht mit seinem Schicksal in Zusammenhang stand. Oft war die interessanteste Seite nur noch die Umrandung von Schultern und Ärmeln, als Schnittmuster ausgerädert für die Schülerinnen der »Akademie für Zuschneiden und Nähen« – so nannte die Näherin das Zimmer mit den Schneiderpuppen und den rotsamtenen, stacheligen Nadelkissen –, wo sie anderen beibrachte, wie einfache Röcke und Blusen gemacht werden. Aber auch was im Restlichen über die Ereignisse der draußen Lebenden Auskunft gab, interessierte ihn so, daß er alles darüber vergaß. Selbst unbedeutende Nachrichten – solche zum

Beispiel über Leute, die auf Reisen gegangen waren – las er mehrmals, bis zu der Stunde, da – die Alte schlief längst – an den Kinoeingängen die Lichter erloschen, die Straßen sich leerten und das anhaltende Weinen eines Kindes ein Anzeichen für den tiefen Schlaf rings um seine Wiege war. Dann konnte er über den Straßenlaternen, die ihn im Dunkeln ließen, die ganze Dachterrasse abschreiten und hinuntersehen auf die dürftigen Arekapalmen und Blumen in den Patios, wo unter dem Torbogen einer ehemaligen Remise beim Aufflammen eines Streichholzes plötzlich eine Frau sichtbar wurde, die sich die Brust fächelte, oder ein asthmatischer, den Rauch von Arabienpapier inhalierender alter Mann. Ein Stück weiter war der Hinterhof einer Sattlerei, darin ein Phaeton mit Kerzenlaternen als staubige Reliquie aufbewahrt wurde, auf dessen Lederpolstern ein paar halbgegerbte Lederstücke lagen wie Abfälle aus dem Schlachthaus... Von weiter hinten kam der Geruch von Druckerschwärze aus einer kleinen Visitenkartendruckerei. Weiter vorn strömte Gestank aus den armen Küchen mit den für heute im fettigen Abwaschwasser zurückgelassenen Töpfen, und auf der anderen Seite spielte sich der träge Betrieb der wohlhabenden Küche ab, wo zwei Lehrmädchen im Takt unaufhörlich geträllerter, nur halb gewußter und deshalb endlos immer wieder von vorn angefangener Lieder die abgetrockneten Messer auf den Tisch fallen ließen. Hinter der Mauer des Aussichtsturms, gedeckt vor dem stets gefürchteten Flachdach des modernen Gebäudes, beugte er sich für kurze Augenblicke auf die Straße hinunter, überblickte diese Welt von Häusern, wo zwischen Bauten in kalifornischem, gotischem und maurischem Stil Zwergparthenons und griechische Tempel mit bunten Kacheln und Jalousien standen und Renaissance-Villen, von Schlingpflanzen und Bougainvilleen überwachsen, ihre Holzgesimse auf kranke Säulen stützten. Es gab ganze Straßenzüge von Säulen, Säulenalleen, Säulengänge und -wege, a giorno beleuchtet, zahlreicher, als irgendeine Nation sie in Vorrat haben konnte, und in einem Kunterbunt der Stile, darin Dorisches an den Achsen einer Fassade sich schlecht vertrug mit der Feierlichkeit korinthischer Säulen, die einen halben Häuserblock weiter pompös sich erhoben zwischen den Trockenböden einer Wäscherei, an der Karyatiden mit abgeschlagenen Nasen Architrave aus Holz trugen. Da waren Kapitelle, über und über mit Pusteln bedeckt, die in der Sonne geplatzt waren; Säulenschäfte, an deren Kannelierung blasenwerfende Ölfarbe Abszesse bildete. Unten herrschten die abgedroschenen Motive vor: Blumenrosetten an Geländerschwellen, Zahnfriese in Reichweite der Hand, während die Kranzgesimse alles, was nur entfernt nach Sockel oder Piedestal aussah, nebst römischen Vasen und Graburnen zwischen die mit Schmarotzerpflanzen wie mit Nestern garnierten Telefondrähte emporhoben. Es gab Metopen an Balkonen, Friese, von einem Spitzbogen zu einem Ochsenauge verlaufend, die viermal hintereinander das in Eisenguß als Meterware verkaufte Motiv Ödipus und die Sphinx wiederholten. Von Portal zu Portal konnte man das Absterben der letzten in der Epoche verwendeten klassischen Stile verfolgen. Und wo das Portal einem Streben nach Modernität gewichen war, lehnten die Säulen noch an der Wand, in sie eingemauert, nutzlos, ohne einen Vorsprung, der zu stützen gewesen wäre, bis sie eines Tages in dem Zement aufgingen, der über dem Aufgeschlürften sich schloß. Nichts davon hatte mit dem wenigen etwas zu tun, das der Beschützte auf der Universität gelernt hatte – jener Universität, die für ihn nun in den Koffern mit den verrotteten Schlössern bewahrt blieb.

POR EXPRESO. *Abfertigung Sancti Spiritus.* Der ausrangierte Rasierpinsel, mit dem er in Tusche diese Worte gut lesbar geschrieben hat, ist aus der Hand gelegt. Der Beschützte sieht sich wieder in dieser entscheidenden Epoche seines Lebens. Geschäftig sieht er sich Dinge in den alten Koffer legen, den ein ausgewanderter Großvater vor vielen Jahren auf die Insel mitgebracht hat. Die Verwandten und Freunde um ihn, die ihn gleich zum Bahnhof begleiten werden, bewegen sich an diesem Morgen schon nicht mehr in der Gegenwart. Ihre Stimmen kommen von fern, aus einem bereits aufgegebenen Gestern. Er hört nicht auf ihre Ratschläge, er überläßt sich lieber dem undefinierbaren Glücksgefühl, sich schon in vorausgeahnter Zukunft zu sehen – sich abzulösen aus seiner wirklichen Umgebung. Am Ende der Reise wird ihn die Hauptstadt erwarten, der ganz in weißem Marmor errichtete Brunnen der *India Habana*, wie er zu sehen ist auf dem mit Reißzwecken an der Wand befestigten Farbdruck aus einer Zeitschrift: die Unterschrift erinnert noch daran, daß ehemals ein Dichter in ihrem Schatten geträumt hat, Heredia, den der Umstand, in einem unwissenden Dorf gleich dem hiesigen geboren zu sein, nicht gehindert hat, Mitglied der Académie Française zu werden. Am Ende der Reise wird er zum erstenmal die Universität, das Stadion, die Theater sehen; er wird keine Rechenschaft über sein Tun ablegen müssen; er wird frei sein und vielleicht schon bald eine Geliebte haben, da doch dies letzte, in der Provinz so schwierig, dort gang und gäbe ist, wo es vor den Fenstern keine Gitter, keine Jalousien, keine klatschsüchtigen Weiber gibt. Bei diesem Gedanken legt er den neuen Anzug besonders achtsam zusammen, den ihm sein Vater nach neuesten Modebildern geschneidert hat und den er samt der im Farbton abgestimmten Krawatte und dem Einstecktuch zum erstenmal anziehen will, wenn er sich immatrikulieren geht. Danach wird er sich in ein Café setzen und einen Martini verlangen. Endlich wird er dann wissen, wie diese Mixtur schmeckt, die mit einer Olive im Glas serviert wird. Und zuletzt wird er in das Haus einer Frau namens Estrella gehen, von der kürzlich der Stipendiat in einem Brief wahre Wunderdinge erzählt hat. Und der Vater, genau in diesem Augenblick: an den Stipendiaten solle er sich nur ja nicht anschließen, der führe anscheinend ein ausschweifendes Leben und vergeude auf rauschenden Festen – die nur Asche in der Seele zurücklassen – den Monatswechsel, den die Gemeinde ihm zahlt. Und noch ferner klingen die Stimmen auf dem Bahnhof unter den vielen Bauern, die sich nach Ankunft eines unter ohrenbetäubendem Muhen einrollenden Viehzuges von einem Bahnsteig zum andern mit Rufen verständigen. Im letzten Moment kauft der Vater noch ein paar Waben Honig als Geschenk für die Alte, die sich erboten hat, ihn in ihrer Wohnung unterzubringen – das Haus soll auf dem Dach einen Aussichtsturm haben, eine unabhängige Wohnung, bequem für den Studenten –, und da fährt auch schon mit dampfender Lokomotive der Eilzug ein, und es kommt das Durcheinander des Abschieds... Und hier war er angekommen, spätnachts, mit dem Koffer, den er eben betrachtet: in diesem Aussichtsturm. Die alte Amme hatte ihn ihm gezeigt, die vor Jahren schon in die Stadt gezogen war, im Gefolge einer reichen Familie, der das jetzt als Miethaus eingerichtete Herrenhaus gehört. Vom ersten Augenblick an hatte er bei dem energisch mütterlichen Ton der Negerin den Verdacht gehabt, sie werde seinem Verlangen nach Freiheit einen Riegel vorschieben, werde brummelnd oder mit lästigen Ermahnungen sein Kommen und Gehen überwachen und zumindest verhindern, daß er Frauen in den Aussichtsturm brachte. Deshalb hatte er sich vorgenommen, sich eine andere Unterkunft zu suchen, sobald sein Studium in Gang gesetzt sein würde. Und jetzt, nachdem er die Alte monatelang vergessen hatte – ist *sie* es, die da seit einer Weile wimmert, oder weint das Kind der Näherin? –, nachdem er vor so langer Zeit aus der Wohnung ausgezogen war, hatte er hier den besten, den einzig möglichen Schutz gefunden, hier, neben dem provinziellen Koffer, den er beim Umzug zurückließ, weil die Dinge darin ihn damals nicht mehr interessiert hatten.

Heute aber, als er den Deckel hob, wurde ihm die Universität, die er verlassen hatte, wieder gegenwärtig in dem Etui mit den Kompassen und Reißzirkeln, das ihm sein Vater geschenkt hatte; in dem Rechenstab, dem Lineal und dem Winkelmaß, in dem leeren Glas Tusche, aus dem noch Kampfergeruch aufstieg. Da war Viñolas Abhandlung über die fünf Stile und da das Schulheft, in das er als Halbwüchsiger Photos vom Tempel zu Paestum, von der Domkuppel Brunelleschis, vom »Haus über dem Wasserfall« und eine Ansicht des Tempels von Uxmal eingeklebt hatte. Das Ungeziefer hatte sich an der Mappe mit seinen ersten Federzeichnungen gemästet, von den auf Pauspapier kopierten Kapitellen war nur noch ein gelbliches Spitzenwerk übriggeblieben, das in seiner Hand zerfiel. Da waren die Bücher über Architekturgeschichte, über beschreibende Geometrie, und ganz zuunterst lag, über dem Abiturzeugnis, sein Ausweis als angeschlossenes Mitglied der Partei. Als er das Kärtchen aufhob, hielt er zwischen den Fingern, was ihn als letzte Schranke vor dem Abscheulichen hätte bewahren können. Aber er war in diesen Tagen zu sehr von all diesen auf Aktion Versessenen umringt gewesen. Er solle doch seine Zeit nicht mit Zellenversammlungen verlieren, sagten sie zu ihm, oder mit der Lektüre marxistischer Traktätchen oder Preisreden auf irgendwelche Kolchosen mit den Photos von lächelnden Traktoristinnen und Kühen mit phänomenalen Eutern, während die Besten seiner Generation unter den Kugeln der Polizei der Repression zum Opfer fielen. Und eines Morgens wurde er von Studenten mitgerissen, die zu einer Manifestation lärmend die Treppen der Universität hinunterzogen. Ein Stück weiter kam es zum Zusammenstoß: Gewühl und Panik, Steine und Ziegel, die an den Gesichtern vorbeiflogen, niedergetrampelte Frauen, verletzte Köpfe, Kugeln, die sich in Fleisch bohrten. Beim Anblick der Opfer dachte er, daß man tatsächlich in Zeiten lebte, die nach einer sofortigen Aktion verlangten, und nicht nach dieser vorsichtig abwägenden und aufschubbereiten Disziplin, die Erbitterung angeblich nicht kannte. Als er in die Gruppe der Ungeduldigen übertrat, nahm das schreckliche Spiel seinen Anfang, das ihn vor wenigen Tagen, auf der Suche nach einer letzten Zuflucht für einen zur Last gewordenen Körper, der versteckt werden mußte, weil er verfolgt wurde, in den Aussichtsturm zurückgeführt hatte. Während er den Geruch von zerfressenem Papier und den Kampfergeruch der eingetrockneten Tusche einatmete, fand er in diesem Koffer so etwas wie eine nur für ihn lesbare Darstellung des Paradieses vor dem Sündenfall. Und in Augenblicken nie zuvor erreichter Klarheit begriff er, wie viel er dieser Gefangenschaft zu verdanken hatte, die ihn zwang, sich hinzusetzen und stundenlang mit sich selber zu reden in dem Versuch, durch das gründliche Überdenken eines Zusammenhangs von Tatsachen sein gegenwärtiges Elend zu lindern. Gewiß, es gab eine Bruchstelle, einen Übergang in die Hölle. Aber wenn er alles erwog, was bei diesem Übergang geschehen war; wenn er schwor, daß er niemals die Geste wiederholen würde, die ihn gezwungen hatte, unverwandt auf einen von Pickelnarben gezeichneten Hals zu blicken – diesen Hals, der ihn weit mehr verfolgte als das aufheulende Gesicht, das er im Getöse der schrecklichen Sekunde gesehen hatte –, dachte er, daß es ihm noch möglich sein würde, anderswo zu leben und die Zeit der Verirrungen zu vergessen. Ein Stöhnen waren die Worte, mit denen die Bedrängten, die Schuldigen, die Reuigen zum Tisch des Herrn gingen, um den Leib des Gekreuzigten und das Blut des unblutigen Opfers zu empfangen. Unter dem Kalatravakreuz auf dem Buch zur christlichen Unterweisung für Kinder, das die Alte ihm geschenkt hatte, war dieses pathetische Stöhnen in den Bußgebeten, den Bittgebeten an die Jungfrau Maria, den Gebeten an die Seligen zu vernehmen. Weinend und flehend wandten sich die Unwürdigen und Gestrauchelten an die göttlichen Mittler, weil sie sich schämten, ohne Vermittlung zu Dem zu sprechen, der für drei Tage abgestiegen war in die Hölle. Die ganze Schuld lag aber nicht bei ihm. Sie war das Werk einer Epoche, der Ereignisse, einer Illusion von Heldentum; war Auswirkung der berauschenden Worte, mit denen eines Abends er, der Abiturient aus der Provinz, der sich seines schlecht geschnittenen Anzugs aus der väterlichen Schneiderwerkstatt schämte, aufgenommen worden war in den Räumen eines Gebäudes, auf dessen Fassade über majestätischen Säulen ein HOC ERAT IN VOTIS in hoher Bronzeelzevir unter einem illustren Namen geschrieben stand... Er sah zum Konzertsaal hinüber, dessen Kapitelle mit den eckigen Voluten ihm wie die Karikatur derer vorkamen, die für ihn mit seiner – heute verabscheuten – Initiation verbunden waren. An ihnen erwies sich die Strafe, welche die Stadt über die Ordnung der Säulen verhängt hatte, die in der Hitze verkamen und sich mit Aussatz bedeckten, weil sie ihre Astragale dazu hergaben, die Aushängeschilder von Färbereien, Barbierläden, Limonadedielen zu tragen, wenn nicht gar zwischen Verkaufsständen mit Pasteten, Eiswasser oder Tamarindensaft Fritüren im Schatten von Säulen brutzelten. »Ich werde etwas darüber schreiben«, sagte er sich, ohne je etwas geschrieben zu haben, aus bloßem Drang, sich erhabene Ziele zu setzen. Nachdem die endlosen Saufereien hinter ihm lagen, die Exzesse, zu denen alle sich veranlaßt glauben, die viel wagen und viel herausfordern, fand er den ersten Lichtstreifen am Horizont. Er wußte nicht, wohin er nun gehen würde, denn es war der Hochgestellte, der den geeigneten Weg zu seinem größtmöglichen Vorteil bestimmen würde. Nie würde er das Architekturstudium beenden, das er gleich zu Beginn des ersten Kurses aufgegeben hatte. Aber er nahm von vornherein bereitwillig die härtesten Aufgaben, die schlechtesten Löhne, die Sonne im Kreuz, das Öl im Gesicht, das schlechte Bett und den Suppennapf als Phasen einer notwendigen Sühne an. »Ich glaube an Gott den Allmächtigen, den Schöpfer des Himmels und der Erde, und an Jesus Christus, seinen eingeborenen Sohn, empfangen durch den Heiligen Geist, geboren von der Jungfrau Maria.« Noch immer erinnerte er sich nur an den Anfang des Credo. Er wollte das kleine Buch mit dem Kalatravakreuz holen, das auf dem Strohsack lag, als er plötzlich feststellte, daß sein Hunger vergangen war. Er dachte an Fische, und seiner Vorstellung erschienen sie als etwas Ekelhaftes, mit diesem glasigen, flachen Auge, das kaum ein Auge war, ein Reißnagel, eingebohrt in den Gestank der Schuppen; er dachte an Fleisch und fand es widerwärtig: formlose, Blut ausschwitzende Stücke; er dachte an Früchte und erinnerte sich ihrer als etwas Saures, Kaltes; er dachte an Brot, und das Bröslige, Schrundige der Krume stieß ihn ab. Er wollte nicht essen. Er brachte Gott die Leere in seinem Bauch als einen ersten Schritt der Reinigung dar. Er fühlte sich leicht, belohnt, verstanden. Und ihm schien, daß ein scharfer, Klarheit stiftender Verstand ihn aufs engste mit den Stoffen, den Dingen, den ewigen Wirklichkeiten ringsumher in Berührung brachte. Er verstand die Nacht, er verstand die Sterne, er verstand das Meer, das, fügsam erregt, im Schein des kreisenden Leuchtfeuers ihm entgegenlief, sooft der Lichtstrahl mit seinem Blick zusammentraf. Aber er begriff nicht in Worten, sondern in Bildern. Was verstand, war sein Körper, waren seine Poren, war ein Sein gewordener Verstand. Für einen Augenblick war seine Person in der Wahrheit aufgegangen. Er warf sich bäuchlings auf die Fliesen, die noch die Hitze des vergangenen Tages ausströmten. Am Fuß des Aussichtsturms, der im Dunkel lag, schluchzte er über soviel Klarheit.

Am vierten Tag erwachte er am späten Nachmittag mit erdigem Mund. Ein langsamer Schweiß, der über jeder Pore dicke Tropfen bildete, brach aus den Ringen unter seinen Augen, aus Nacken und Stirn, so daß er die Vorstellung hatte, gelb, abgemagert, von innen heraus schmutzig zu sein. Es war gut, daß kein Spiegel da war, um es festzustellen. Es wäre dadurch noch schlimmer geworden. Er setzte sich auf dem Strohsack auf, um dieses Kieselsteinkollern in seinen Schläfen loszuwerden. Zu seiner Bestürzung war sein Geschlecht, irritiert von Schlägen aus der Brust, aus dem Bauch, schmerzhaft geschwollen. Er fühlte es bei der Berührung; er stand auf und setzte sich auf den Koffer, fassungslos, daß sein Körper unter dem Hunger noch solche Energien besaß. Jenseits der abgestützten Tür, hinter dem Eßzimmer redete die Nichte Unverständliches mit der Modistin aus dem Erdgeschoß. Sicher ging es der Alten besser. Sie hatte schon mehrmals an dem gleichen Übel gelitten und sich mit ihren Tränklein und Aufgüssen wieder kuriert. Diesmal zog sich die Krankheit in die Länge. Also mußte er über Essen *nachdenken*. Die Gedankenklarheit der letzten Tage – die Freude am Nichtessen – auf den Willen zu essen konzentrieren. Sich irgendeine Möglichkeit ausdenken, da er auf die Alte nicht zählen konnte, um Nahrung zu bekommen. In einem Haus, in einer Wohnung mußte sich Eßbares finden lassen, wenn schon nicht solches, das der Mensch für gewöhnlich aufs Feuer setzt. Als Kind hatte er oft gedacht, wie wohl eine Grasbouillon, eine Blättersuppe, ein Efeusalat schmecken mochten. Die Pflanzenfresser nährten sich von Kräutern, die wahrscheinlich auch der Mensch essen konnte. Und wer hat nicht schon einmal mit Genuß an dem zarten Stengel eines Grashalms geknabbert? Er sah sich um: Holz, Lehm, Ruß. Im Altertum aßen die Leute in den belagerten Städten zuletzt zerkautes Leder. Benagten Sattelbezüge, Zaumzeug, Gürtel; Schuhe aus weichem Leder wurden gekocht. Und in einem überschwemmten Bergwerk hatten die Männer nach Tagen entdeckt, daß an den Stämmen der Grubenzimmerung noch frische Rinde war... Auf allen vieren, damit er die Dachterrasse nicht überragte, kroch er zu der Stelle, wo man in den Hof der Sattlerei hinunterschauen konnte. Jemand hatte die halbgegerbten Häute, die so viele Tage lang auf den Wachstuchbezügen des Phaetons zum Trocknen lagen, weggenommen. Nun wunderte er sich über die Unsinnigkeit seines Wunsches, diese unerreichbaren Häute betrachten zu wollen, als ob ihr schwacher Geruch von Abdeckerei und Gerberlake ihm Linderung hätte verschaffen können. Holz, Lehm, Ruß. »Als die Bauern durch die Bosheit des Statthalters von Spanien in der Stadt eingeschlossen waren«, hatte die Alte ihm erzählt, »wurden alle aufgeschwemmt vom vielen Wassertrinken.« Er drehte den Hahn auf und trank gierig das in den Händen aufgefangene Wasser, um sich den Bauch zu füllen. Aber das laue Wasser aus den in der Sonne warm gewordenen Leitungsrohren kam mit der schweren und blähenden Kälte von Sägemehl in seinen Gedärmen an. Unter heftigen Krämpfen kippte er nach vorn und erbrach, auf die Hände fallend, was er getrunken hatte. Dann folgte ein trockenes Würgen, das ihm, jedesmal mit einem dumpfen Schlag im Nacken und dem Aufwölben der Wirbelsäule, den Bauch nach innen riß wie bei einem Hund, der Gift ausschäumt. Erschöpft und am ganzen Leib zukkend von Schlägen, sank er an der Mauer nieder. Er war so durchdrungen von dem Gedanken an Essen, daß dieser

Gedanke, der einzige, den er in diesem Augenblick zu fassen vermochte, zu einem Gebot von nahezu abstrakter Natur wurde. Er dachte nicht mehr, wie am ersten durchhungerten Tag, an ein seinem Gaumen besonders erwünschtes Gericht, sah nicht mehr mit Kinderbegehrlichkeit im Geist die große Familienküche, wo es nach frisch aus dem Öl gehobenem, gebratenem Fisch duftete und die sämigen grünen Erbsen, der safrangelbe Reis, der steife, knusprige, unter dem Zahn sich ergebende Blätterteig eine Fülle unerreichbarer Geschmäcke in seinen vom vielen Speicheln schal gewordenen Mund legten. Nahrung war nicht mehr dieses oder jenes Gericht, sondern beliebig, einzig und von vornherein angenommen von dem, der nur noch an Nährendes dachte, der zurückgekehrt war in den Hunger des Neugeborenen, das, ausgesetzt am Fuß einer Kathedrale, im Stein nach der Mutter sucht und sein Elend hinausschreit... Er hörte Stimmen. Durch die Wendeltreppe rief die Modistin von unten nach der Nichte, um ihr ein Kleid anzuprobieren. Er wartete ungeduldig darauf, daß die hochhackigen Schuhe auf den Holzstufen klapperten, sich entfernten und die Stimmen sich in den Patio um die mit dem ersten kühlen Lufthauch hinausgezogene Nähmaschine verlagerten. Er räumte Pflöcke und Latten beiseite und öffnete die Tür, die ihn vier Tage lang vom übrigen Haus abgeschnitten hatte. Die Alte lag schlafend, bei jedem Atemzug leise stöhnend, unter den Palmsonntagszweigen. Neben ihr stand, auf einem Stuhl, ein Teller voll Hafergrütze. Da der Löffel klein war, tauchte eine verkrampfte Hand in die von geschmolzenem Zucker gefurchte Masse. Und dann war es die Zunge, die gierig, hastig, erschrocken, weil sie raubend aß, mit dem Grunzen eines Schweins in den Tiefen des Steinguts den Teller säuberte und die plötzlich auf das Strohgeflecht des Stuhls übersprang, um das Verschüttete aufzulecken. Dann richtete der Körper sich auf den Knien auf, und es war wieder die Hand, die nun in der Schachtel Quakers die Klauen in die rohen Haferflocken schlug. Danach blieb die Tür verschlossen. Es wurde Abend. Langsam zog die Barkasse, mit Sand beladen, auf Höhe des Aussichtsturms an der Sonne vorüber, die den Konzertsaal in Orangerot tauchte. Unter den Lauben des Parks verfolgten brünstige Hunde eine rotbraune Pinscherhündin, die unter dem Ansturm der Männchen schrie. Aus dem obersten Geschoß des modernen Gebäudes drang Musik: die gleiche wie zuvor. Erst aufgewühlt, dann traurig, langsam, eintönig. Dem, der mit schmerzenden und zugleich gestillten Eingeweiden auf dem Boden lag, schlaftrunken und unter Blähungen, die ihm abwechselnd Glücksgefühle und Ekel erzeugten, verschwammen die dumpfen Klänge der Musik bisweilen mit dem dumpfen Lärm aus der Visitenkartendruckerei. Hinter der Tür rief die Alte mit gereizter Stimme, die auf Besserung schließen ließ, nach der Nichte. »Sie können nicht soviel essen, Tante«, schrie die Mulattin, die in ihrem neuen Kleid zurückkam, als sie sah, daß fast keine Haferflocken mehr in der Schachtel waren. »Sie dürfen nicht soviel essen!« Und weil vor dem Haus der Soldat auf sie wartete, klapperte sie rasch auf ihren hohen Hacken die Wendeltreppe hinunter.

Das wunderbar Neue war Gott. Gott, der sich in der Zigarre, angezündet von der Alten am Vorabend ihrer Krankheit, ihm offenbart hatte. Plötzlich war ihm die Bewegung, mit der sie Kohlenglut aus dem Herd nahm und ans Gesicht hob – eine Bewegung, die er in den Küchen seiner Kindheit so oft hatte ausführen sehen – in staunenerregenden und bestürzenden Zusammenhängen groß geworden. Mit der Glut, die sie herausnahm, brachte die Hand ein Feuer zum Vorschein, das aus dem Uranfänglichen kam, ein Feuer, älter als alle Materie, die von Feuer verzehrt und verwandelt wurde – Materie, die ohne die Hand, die sie entzündete, nur eine Möglichkeit von Feuer war. Wenn aber dieses gegenwärtige Feuer ein Endzweck war, mußte eine Handlung seinem Erreichen vorausgehen. Und dieser einen eine andere, viele andere Handlungen, die nur von einem uranfänglichen Willen ausgehen konnten. Es mußte einen Ursprung, einen Ausgangspunkt geben, eine Stiftung dieses Feuers, das in Zeitaltern ohne Zahl die Gesichter der Menschen erleuchtet hatte. Und dieses erste Feuer konnte sich nicht selbst entzündet haben... In allem glaubte er eine ähnliche Abfolge, einen unausweichlichen Prozeß des Empfangens von Energien aus etwas anderem zu sehen und das immer weitere Zurückreichen der Handlungen, das aber nicht endlos sein konnte. Zwangsläufig mußten die Fäden in der Hand eines Ersten Bewegers zusammenlaufen, der, Ursache von allem, von Ewigkeit und mit höchster Wirkkraft begabt war. Angesichts eines Bildes, das so vieles erklärte, erschien ihm der Atheismus seines Vaters absurd, und es wunderte ihn, daß nicht andere vor ihm daran gedacht hatten, die Existenz Gottes aus dieser erleuchtenden Idee zu beweisen, die ihm angesichts einer glühenden Kohle gekommen war. Und da, wie die Kinder aus dem modernen Gebäude gesungen hatten: *Bim bam, bim bam / Morgen ist Sonntag / Die Katze hält Hochzeit / mit dem Kahlkopf Papagei*, die

Kirchen zur Messe läuteten, öffnete er das schwarz-goldene Buch mit dem Kalatravakreuz, das einem wie ihm, der fern vom Katechismus in einer freimaurerischen und darwinistischen Schneiderwerkstatt aufgewachsen war, zu immer neuen Entdeckungen verhalf. Jede Seite offenbarte ihm eine unerwartete Schönheit der Liturgie, gab ihm das Jubelgefühl, in ein Arkanum einzudringen, initiiert zu werden und die Geheimnisse einer Bruderschaft zu teilen. Nie hätte er gedacht, daß das, was er so viele Male bloß für eine Altardecke angesehen hatte, das Linnen darstellen könnte, das Seinen Leib einhüllte, oder daß Albe, Zingulum und Stola drei Episoden aus dem folgenschwersten Geschehen, dem Menschen je beigewohnt haben, in Erinnerung rufen sollten. Von dem Purpurgewand, das in seiner Vorstellung die Säulen des Pilatushauses errichtete, kam er zu dem Kalvarienberg und verweilte hingerissen am Rand des Kelches, denn im Betrachten – und Verstehen – des Kelches überwältigte ihn die Entdeckung des in der kostbaren Materie immer offenen Grabes, dieser mystischen Transposition des größten aller Dramen: Finsternisse, die in ungeahnten Tiefen das Metall bearbeiteten, Schatten, in den Glanz von Edelsteinen und Gold gehüllt; umgekehrte Alchimie, die der vor Gottes Richterstuhl geladenen Menschheit das Glänzende zur langen Nacht der Erwartung machte. Selbst das Wasser, dessen liturgischen Sinn er nicht gekannt hatte, sprach nun durch die Hüfte des Erlösers. Manchmal hatte eine fromme Tante ihn in die Kirche mitgenommen, wenn sein Vater in der Hauptstadt war, um Stoffe einzukaufen für Kunden, die noch nach Drill und Alpaka verlangten. Er war jedesmal vor dem Altar mit dem barocken Schnitzwerk niedergekniet, hatte sich gesetzt und wieder erhoben wie alle anderen, ohne zu ahnen, daß der Priester, wenn er die Gewänder für sein Amt anlegte, nichts Geringeres als den Sohn Gottes in der Passion darstellte. Er hatte während der Messe zu dem Gebälk in der Kuppel aufgeschaut, wo immer ein paar Fledermäuse schliefen, hatte sich abgelenkt mit allem, was nicht die Messe war, ohne zu wissen, daß dort, in einer auf die wesentliche Symbolik reduzierten Handlung, das Mysterium dargestellt wurde, das ihn am unmittelbarsten betraf. Und jetzt, wo er Bescheid wußte, fand er in den einfachen Bewegungen, die das Gloria, das Evangelium, das Offertorium begleiteten, die gleiche grandiose Sublimierung des Elementaren, die – in der Architektur – aus der Jagdtrophäe das Bukranion und aus der Schnur, um einen Bund Gerten, den ursprünglichen Säulenschaft, geschlungen, das Astragal reinster pythagoreischer Form gemacht hatte. Eine solche Macht des Verstehens besessen zu haben, zur Auffassung solcher Wahrheiten fähig zu sein und dies in abscheulichem Mißbrauch verkannt zu haben, um statt dessen Aufhebens zu machen von Reden, die zur Rechtfertigung des Heldenhaften wie des Verwerflichen hatten herhalten müssen! Ah! Ich glaube! Ich glaube! Ich glaube, daß er gelitten hat unter der Macht des Pontius Pilatus, daß er gekreuzigt und begraben wurde, daß er zu der Hölle abgestiegen ist. Ich glaube, daß er aufgefahren ist in den Himmel und zur Rechten des Vaters sitzt, des allmächtigen Gottes. Ich glaube, daß er von dannen kommen wird, zu richten die Lebendigen und die Toten... Und wie eine Posaune, rufend zum Jüngsten Gericht, schallt es jetzt wieder aus dem obersten Geschoß des modernen Gebäudes herüber, wo jemand, glücklich über ein kürzlich erworbenes, billiges und mißtönendes Grammophon, immer wieder dieselbe Musik spielt und nur von Zeit zu Zeit die

Nadel zurückstellt. Es hört sich an, als wären ganz verschiedene Stücke nacheinander aufgenommen worden und liefen nun immer in derselben Reihenfolge ab. Zuerst etwas sehr Wirres, darin Hörner ab und zu das Thema eines Militärmarsches spielen, der dann doch keiner ist. Dann kommt das Traurige, Langsame, Monotone. Danach ein fröhlicher Tanz, aber gleich wieder unterbrochen von militärischen Klängen, die dann doch nicht ganz militärisch sind: eher wie die Signale in diesem lächerlichen Dokumentarfilm, wo französische Adlige mit ihren geweihten Meuten die Messe hören, während draußen Jäger in Fräcken Instrumente blasen, die wie große Messingschnecken aussehen. Und immer endet es mit der hüpfenden Musik, die an das Kinderspielzeug mit den zwei Püppchen erinnert, die durch die Gegenbewegung zweier paralleler Stangen abwechselnd mit dem Hammer auf einen Holzblock schlagen. Danach kommen ein paar abgerissene Walzertakte, dann etwas Großes, Majestätisches mit Trompeten und Blasinstrumenten wie denen, die neben der Schuhmacherei in Sancti Spiritus bei der Abendmusik gespielt wurden. Und zum Schluß dieses fröhliche Durcheinander, wieder mit den Jagdhörnern… Die Nichte ging die Wendeltreppe hinunter. Er mußte die Tür öffnen, um zu sehen, ob die Alte schlief, und sich über die Fleischbrühe hermachen, die neben ihrem Bett kalt werden würde. Aber als er jetzt nach der Schüssel griff, um sie zum Mund zu führen, blieben seine Hände in der Schwebe. Aus dem seltsam entrunzelten Gesicht der Negerin blickten zwei glasig starre Augen mit ferner, ausdrucksloser Eindringlichkeit auf ihn, der die Schüssel zwischen zwei Medizinflaschen stehenließ und es nicht wagte, das Fett abzuschlürfen, das in trüben Augen über mageren Hühnerbeinen schwamm, solchen, wie sie, an einem Nagel aufgehängt, in den Geflügelständen angeboten werden. Die Füße eines alten Hahns, auslaufend in drei verkrümmte, grauschuppige Zehen, deren faltige Haut irgendwie menschlich aussah, lagen auf einer schlecht geschälten Kürbisscheibe. Nach kurzem Zögern tauchte er, dem starren, zu spät auf das nicht mehr bezähmbare Verlangen gerichteten Blick standhaltend, den Mund schnaubend und nagend in diese Sonntagssuppe und machte sich dann über die Schachtel Quakers her. Um Vergebung zu erlangen, trat der Mann, den Mund noch bestäubt von Haferflocken, ans Bett, um die Alte besser einzumummen, und zog ihr die Decke bis an den Hals hinauf. Als er ihre Wange berührte, versammelte jäher Schrecken sein ganzes Sein in krampfhafte Erwartung: die Wange war starr und kalt, und die an die Schläfe gelegte geschlossene Hand fiel mit der Beharrlichkeit eines toten Gliedes an die Schläfe zurück, als er versuchte, in den kalten Adern am Handgelenk einen Pulsschlag zu finden. Auf der Wendeltreppe waren Schritte zu hören. Die klappernden Absätze der Nichte, die mit anderen Leuten heraufkam und, kaum daß er eilig die Tür hinter sich geschlossen hatte und im Aussichtsturm angelangt war, in lautes Geschrei ausbrach. Entsetzt über das, was geschehen war, hockte er wie verstört auf dem Boden, an den Koffer gelehnt, und legte seine ganze Aufmerksamkeit in das Gehör: dieses Hinken war die Näherin; der weiche, asthmatische Schritt war der des Geschäftsführers; dieses Anschlagen mit der Schuhspitze an jeder Stufe der Soldat – der jetzt wieder hinunterging, um zu veranlassen, was für die Aufbahrung und das Begräbnis nötig war. Im Patio schwirrten Fragen von Fenster zu Fenster. Und bald kamen in ununterscheidbarem

Getrappel die vom Beerdigungsinstitut mit dem Eis und den Kerzen. Und als die Angehörigen aus den abgelegenen Vierteln Jesús del Monte, Calvario, Santa María del Rosario eintrafen, die sich immer nur dann einer des andern entsannen, wenn sie die Nachricht erhielten, daß sie um einen weniger geworden waren, begann die Totenwache. Ab und zu rüttelte einer an der verschlossenen Tür, weil er auf die Dachterrasse hinaus wollte, wo sich jetzt die Schrecken der ersten Tage erneuerten. Der Türflügel war fest abgestützt, und so ließen sie rasch davon ab, ihn öffnen zu wollen. Aber diesem Widerstand würde bald die letzte Stunde geschlagen haben. Wenn sie morgen den Sarg wegbrachten, würde der Geschäftsführer – derselbe, der sich immer über den verlegten Schlüssel aufgeregt hatte – den Schlosser rufen. An dessen weltlichem Arm würde der Hauptschlüssel hängen. Und wenn sich der Hauptschlüssel im verrosteten Schloß drehen und man entdecken würde, daß die blau gestrichene Tür sich nicht im Rahmen bewegte, weil sie von außen blockiert war, würde er sich ausliefern müssen. Nicht diesen Männern, die nichts gegen ihn ausrichten konnten, die nicht einmal die Polizei rufen würden, wenn sie erführen, daß er der Welt der Schrecklichen angehörte. Er würde sich der Freiheit ausliefern müssen – der Straße, den Menschen, den Blicken –, und das bedeutete soviel, wie vor Gericht geladen zu werden. Es wäre wieder die Folter, jedes Gesicht zu befragen, die Angst, zweimal hintereinander am selben Tisch zu essen, die unerträgliche Zwangsvorstellung, in jedem weißen Bettlaken Krankenhauskälte zu finden. Wieder müßte er das Bett verlassen, ehe er ausgeschlafen hatte, müßte im Schatten gehen und sich fürchten vor dem Echo der eigenen Schritte; wieder würde sein

Fleisch sich zusammenziehen und die Wärme eines anderen Körpers fliehen, weil im Patio eine reife Frucht fiel oder der Wind die Fensterläden im Eßzimmer zuschlug. Als niemand mehr etwas von ihm hatte wissen wollen, als er mit Entsetzen aus jedem Haus gejagt worden war, hatte er sich der Alten erinnert. Sie konnte nicht vergessen, daß er einmal an ihren Brüsten gehangen, daß sie ihn mit zärtlichen Namen gerufen hatte, die ihn rührten, sooft sie ihm erzählt wurden. Als ihn die Alte sah, abgemagert, das Hemd zerrissen und schmutzig unter dem dunkelblauen Anzug, den er angezogen hatte, um besser mit den Schatten zu verschmelzen, schrie sie, sie wolle kein Unglück ins Haus bringen, und wer schlimm angefangen habe, werde schlimmer enden. Sie habe ihm den Aussichtsturm zu einem Spottgeld vermietet, als er aus Sancti Spiritus gekommen sei, sie habe ihm zum Guten geraten wie eine zweite Mutter, und er sei fortgegangen, sicher weil sie ihm nicht erlaubt habe, schlechte Weiber in ein ehrbares, frommes Haus zu bringen ... Aber er hatte so elend ausgesehen, wie er da saß, den Hocker mit den Beinen umklammerte und zusammengesunken in seine Hände schluchzte, deren Fingernägel schmutzig waren, daß er für sie mit einmal wieder der wurde, der einst in ihren Armen fast an Keuchhusten erstickt wäre. Wie damals waren seine Adern an den Schläfen, am Hals geschwollen, es waren die gleichen zuckenden Schultern, der säuerlich riechende Atem, die nach dem Schluchzen tonlos von innen aufsteigende Klage. Da war die Alte weich geworden, hatte ihn in den Aussichtsturm geführt, der so lange leergestanden hatte, damit er hier – neben dem Koffer, in dem verwahrt lag, was ihm von der Universität geblieben war – abwarten konnte, was die Geschäftsstelle über ihn beschloß. Heilige Mutter Gottes, Du allerreinste Mutter, Du allerkeuscheste Mutter, Du mächtige Jungfrau, Du gütige Jungfrau, bitte für uns; Du geistliche Rose, Du Turm Davids, Du Morgenstern, Du Heil der Kranken, Du Königin der Märtyrer, bitte für uns... Und sie, die meinen ersten Hunger an ihrer Brust gestillt hat, die mich an ihren weichen, fleischigen Zitzen die Wollust des Essens gelehrt hat, die den Geschmack von Fleisch auf meine Zunge gelegt hat, den ich an jungen Körpern ihres Blutes so viele Male gesucht habe, die mich genährt hat mit dem reinsten Saft ihres Leibes, die mir die Wärme ihres Schoßes, den Schutz ihrer Hände gegeben und mich liebkosend auf ihnen getragen hat, die mich aufgenommen hat, als alle mir ihre Türen verschlossen – sie liegt hier in ihrem schwarzen Sarg aus billigsten Brettern, winzig, das Gesicht eingefallen über dem Eis, das in den schmutzigen Kübel tropft, weil ich, der ich dies nicht einmal denken durfte – zugeben, daß es mir möglich gewesen wäre –, ihre Krankenkost aufgegessen, ihr Korn verschlungen, die Knochen ihrer Hühner abgenagt und mit schweinischer Gier ihre Sonntagssuppe geschlürft habe. Herr, erbarme dich unser! Christus, erbarme dich unser!... Und in dem modernen Gebäude diese traurige Musik, monoton und traurig wie das Responsorium bei einer Totenwache.

Niemand war überrascht, ihn bei der Totenwache erscheinen zu sehen, war doch die Alte gelegentlich in reichen Häusern in Stellung gewesen. »Sie haben den Schlüssel zur Dachterrasse gefunden«, sagte die Nichte erfreut, als sie bemerkte, daß unvermutet ein Luftzug die Kerzenflammen bewegte. »Ich spreche Ihnen mein Beileid aus«, sagten einige zu ihm, weil sie dachten, daß, wenn ein Weißer, noch dazu in einem dunkelblauen Anzug bei dieser Hitze, an einer Totenwache für eine Negerin teilnahm, dies sicher geschah, weil irgendeine Hintertreppenverwandtschaft ihn an die Tote band. Über den Sarg hinweg sah er sich im Konsolenspiegel. Sein Gesicht war schmal, so ohne jede Spur von dem Fett aus Zeiten, da er an allen auftragsfreien Tagen unaufhörlich getrunken hatte, um die ausgeführten Aufträge zu vergessen, daß ihm dieses veränderte Aussehen neuen Mut gab. Wieder und wieder sah er sich an, ohne eine Ähnlichkeit mit sich zu entdecken. Die qualvollen Nächte hatten Furchen in seine Wangen gegraben, sein Kinn spitz gemacht und etwas seltsam Starres in seine Augen gelegt, die wie verdüstert unter dem langgewachsenen und deshalb anders frisierten Haar hervorsahen. Er fand etwas so gänzlich Neues in seinem Ausdruck, daß jemand, der an einem wenig beleuchteten Ort an ihm vorüberginge, vielleicht zweifeln könnte, daß er es sei. Auch die dunkle Brille würde ihm helfen, die in der letzten Zeit eine Art Berufsausrüstung für ihn geworden war. Er dankte für die Schmerzen in den Tagen der Gefangenschaft und für den Hunger der ersten Zeit und brachte sie Dem dar, dessen Anwesenheit er von Mal zu Mal stärker fühlte, so als lehne Er an der Brüstung am Aussichtsturm, erhaben in seiner Glorie, aber voll Erbarmen mit den Menschen. Dankbar sah er im Spiegel, der ihm sein neues Bild zurückwarf, daß die Angehörigen einer nach dem andern auf die Dachterrasse hinaustraten. Sie atmeten dort die schwache Brise der Nacht unter tiefhängenden Wolken, die sich über dem Hügel ockergelb färbten vom Licht einer strahlend erleuchteten Universität – es mochten die Scheinwerfer im

Stadion oder im Säulenhof sein –, und ereiferten sich über den Mangel an Respekt dieses Menschen dort drüben, der, so nahe einer Toten, Platten spielte. Gewiß, es war keine Tanzmusik, aber Musik machte man doch immer nur aus Freude. Als sie erörterten, ob sie nicht den Soldaten hinüberschicken sollten, um sich durch ihn, der Obrigkeit vorstellte, angesichts der Aufgebahrten mehr Ernst auszubitten, heulte eine Schiffssirene, und alle vergaßen sogleich die Musik, die vielleicht auch aufgehört hatte. Sie redeten über Lotsen, Warnbojen und hohen Seegang und verglichen um die Wette ihre Minutenzeiger, weil einer behauptet hatte, das Leuchtfeuer drehe sich langsamer als vorgeschrieben. Zurück von seiner Reise durch den Spiegel, wandte sich der Abgemagerte zur Tür, die jetzt mit seinen Pflöcken und Latten offengehalten wurde, denn da sie so lange verschlossen gewesen war, hatte sie nun einen Hang, der Gewohnheit ihrer Scharniere folgend, von selber zuzufallen. Als nur noch zwei alte Frauen in weißen Kopftüchern im Zimmer waren, die gemeinsam an den Perlen eines Rosenkranzes beteten, steckte er die Pistole an die Hüfte, wo er sie immer zu tragen pflegte, legte die Hand an das Geländer und stieg langsam die Wendeltreppe hinunter, deren Knarren mit der Zeit eine deutliche Sprache der Schritte für ihn geworden war. Er ging durch den Patio der Akademie für Zuschneiden und Nähen, wo sich die Schülerinnen, ungeachtet der toten Nachbarin, mühten, die dicke Schneiderpuppe und die magere Schneiderpuppe mit Schnittmustern aus Zeitungspapier zu bekleiden, die sie mit Nadeln feststeckten. Der Anblick der auf gleicher Ebene mit ihm verlaufenden Straße war so neu für ihn, daß er nur zögernd über die Schwelle trat. Oben blieben der Aussichtsturm, die Eckpfeiler mit den Rosetten zurück. Unter der grellen Straßenbeleuchtung warfen die Platanen breite, gegen die Helligkeit scharf abgehobene Schatten auf den Gehsteig. Nachdem er die Brille aufgesetzt hatte, hinter deren dunklen, als Sonnenschutz gedachten, bei Nacht benützten Gläsern er sich geborgener fühlte, ging er von Schatten zu Schatten, schnelleren Schritts und das Gesicht in den Rockaufschlägen versteckt, sooft er einen Lichtkreis durchquerte. Alles, was er an Geld hatte, war dieser neue Schein, den sie ihm im letzten Haus, aus dem er verjagt worden war, wie ein Almosen hingeworfen hatten an jenem Nachmittag, als eine Säule als Kugelfang ihn vor dem Tode gerettet hatte. Es war nicht genug, um damit bis in die väterliche Schneiderwerkstatt zu kommen. Außerdem würden in Sancti Spiritus alle von seiner Ankunft erfahren. Der Veteran, der neben dem Obelisken der Freiheitshelden Obst verkaufte, kannte ihn; der Anisbrotverkäufer kannte ihn, die Friseure, unter deren geschwätzigen Scheren alle und jeder durchpassierte, kannten ihn. Er dachte daran, essen zu gehen. Aber in den Speiselokalen waren in diesen frühen Stunden der Nacht zu viele Menschen, die umherblickten, und nichts fürchtete er nun, da er sich in die Stadt geworfen hatte, mehr als einen Blick. Von Schatten zu Schatten ging er bis ans Ende der Baumreihe und trat in die Welt der Säulen ein. Blau und weiß gestreifte Säulen mit Geländerschwellen zwischen den Schäften; eine doppelte Reihe von Portalen auf der Königsstraße mit ihrem Neptunbrunnen und den Tritonen, die mit den ihren Rücken aufgeklebten Wahlplakaten wie reißende Hunde aussahen. Je nach dem Anstrich der Häuser ging er von Ocker zu Aschgrau, von Grün zu Violett; er passierte das Tor mit dem zerbrochenen Wappen und das Portal mit den schmutzigen Füllhörnern. Auf den schnurgeraden Straßen, die an den Ecken abbogen, schimmerte der Asphalt bläulichgrau im Licht der Laternen, die unter einem Schleier leuchtender Insekten im Wind schaukelten. Dort lag schlafend die Pfarrkirche, gipsern-gotisch und so oft übermalt, daß die Blumenrosetten zerflossen. Auf dem Dach wuchs Unkraut, auf den Vordächern sproß das Gras. Gegenüber ein Laden, wo Magnete, Meteoriten und Gagathände verkauft wurden, die Kinder vor Krankheit und dem bösen Blick schützen sollten. Ein Stück weiter wuchs ein Weinstock über eine verfallende Mauer aus Naturstein, daneben schlummerte ein Tabaklager im würzigen Halbschatten. Unter den Arkaden eines alten spanischen Palasts lagen Bettler, mit Zeitungen zugedeckt, zwischen Blechbüchsen und zerbrochenem Gerät und träumten schlechte Träume auf ihrem Urin. Rascheren Schritts ging der Gehetzte von Säule zu Säule, angespornt von der Nähe des Marktes, wo um diese Zeit Berge von Kürbissen, grünen Bananen und gelben Maiskolben aufragten, daneben die Drahtkäfige, aus denen die Köpfe der Truthähne wie staubige Tulpen herausragten. Dann der Gehsteig der jederzeit festlich erleuchteten Leih- und Pfandhäuser, wo Korbstühle von der Decke hingen über einem Wust von Pendeluhren, Konsolen und Buffets, dazwischen, verloren, der Griff eines Kontrabasses oder ein bunt bemalter Blumentopf. Und hinter den Schaufensterpuppen im Erstkommunions- oder Brautschmuck, hinter den Utensilien des Beerdigungsinstituts, wo der Wächter, den Kopf auf einem Sarg, schlief, kamen die von Fischschuppen übersäten Marmorfliesen und dahinter, funkelnd zwischen Seetierschalen und Blechkübeln voll Galle und Eingeweiden, der Frisiersalon mit den Spiegeln in Goldrahmen. Er machte einen Umweg, passierte den Geruch von Polenta und Rauchfleisch, scharfen Soßen und Fischsuppen, um das hell erleuchtete Café mit den dampfenden Perkolatoren zu umgehen, vor dessen Ausgang er in jener Nacht verhaftet worden war. Endlich erreichte er die Ecke einer dunklen Straße mit leise lockenden Fenstern und streckte die Hand nach einem Türklopfer aus, der gegenwärtig seine einzige Möglichkeit war. Hinter der Tür antworteten, ohne Eile, die Schritte Estrellas.

»Warst wohl verlorengegangen?« fragte sie beim Öffnen und sah ihn mit durchtriebener Neugier an, während der Hund, gewöhnt, nicht zu bellen, ihn schläfrig beschnupperte. »Ich komme von einer Reise«, sagte er, um den für die Jahreszeit unpassenden Anzug und die Knitterfalten in seinem auf der Dachterrasse unter dem Wasserhahn gewaschenen Hemd vor ihr zu rechtfertigen, die noch vor kurzem seine teuren und auffälligen Kleider so sehr bewundert hatte. »Eine Sonnenbrille«, sagte sie und nahm sie ihm mit einem Finger ab, um sie auf drollige Weise auszuprobieren. »Alles ganz schwarz! Ist das jetzt Mode?« – »Ich habe noch nicht gegessen«, antwortete er und sah zur Küche hinüber, die hinter dem Granatapfelbaum mit den hakenförmig aufgebogenen Zweigen im Dunkel lag. Der Hund hatte sich im Patio neben einen Schwung Essensreste gelegt, die so reichlich waren, daß in den Töpfen wohl nichts übrigblieb. Estrella brachte eine Flasche, in der noch ein Rest Likör war. Als der Mann das Haus betreten hatte, war er entschlossen gewesen, sich ohne Zögern der einzigen Person, die ihm in dieser Nacht helfen konnte, anzuvertrauen. Nun ließ ihn der rasch getrunkene Alkohol die Situation in größerer Ruhe überdenken. Er war wieder versteckt. Das Haus, das hinter ihm abgeschlossen worden war, barg und verbarg ihn. Bis zum Tagesanbruch fehlten noch viele Stunden. Viel und vielversprechende Zeit lag vor ihm. Er baute von vornherein auf Estrella. Aber bevor er sprach, mußte er erst wieder dieses Klima der Intimität herstellen, das in den zwei Wochen seines Ausbleibens verlorengegangen war. Sie mochte seine langsame, stete Art, sie zu besitzen. Er faßte sie an der Hand und zog sie ans Bett. »Warte«, sagte sie, und nachdem sie sich mit einem Stück Seidenpapier den Lippenstift abgewischt und das Muttergottesbild mit einem Tuch verhängt hatte, löschte sie das Licht und glitt an seine Seite. Er aber war in ein Bett ohne Ende gefallen. Die weichen Polster nach all den qualvollen Nächten auf dem durchgelegenen Strohsack mit Löchern, so tief, daß man eine Schulter durchstecken konnte; der Likör, der seinen Körper in etwas Knochenloses, Laues, Wachsweiches verwandelt hatte; die Erleichterung, das Gewicht der Pistole nicht mehr zu spüren, die bei den Kleidern lag; die große, warme Brust der Frau, mehr einwiegend als anspornend: all dies bewirkte, daß er ohne Eile mit gelösten Gliedern wonnevoll in den großen Schoß möglichen Schlafs sank und sank... Als er die Augen öffnete, brannte das Licht. Estrella, mit dem Rücken zu ihm, hatte sich eben ein Hemd übergeworfen, durch dessen Lochstickerei ein grünes Band gezogen war. Durch den Spiegel sah sie ihn mehr gleichgültig als verärgert an. »Komm«, sagte er. »Du wirst nicht können«, antwortete sie und bemalte sich die Lippen. Als er begriff, daß er sie leichter dazu würde bewegen können, sich wieder auszuziehen, als dazu, sich noch einmal die Lippen abzuschminken, setzte er sich zornig am Bettrand auf. Er konnte es nicht dulden, daß diese Frau, die er so oft in dem männlichen Stolz, ihre professionelle Fühllosigkeit zu überwinden, besessen, die er unter seinem Körper wollüstig hatte stöhnen hören, ihn, an dessen Seite sie eben noch lag, gelangweilt ansah wie jemand, der aufgibt, was zwecklos ist. Jetzt öffnete sie die Türen, die am raschesten auf die Straße führten, und rief die Katze, die mit einem lautlosen Satz vom Dach sprang, unruhig den Schwanz bewegend, lauernd auf etwas. Angesichts der Unlust der Frau, die ihn sonst immer nach der ersten Umarmung angefleht hatte, die ganze Nacht zu bleiben, brach es aus ihm heraus. Wie sollte sich sein Fleisch regen in diesem Augenblick, da er ein einziger gewaltiger Schrei des Hungers und der Angst war? Und nun sprach er, keuchend und wie unter dem Zwang, nach so langer Zeit des Schweigens endlich zu sprechen, zu sprechen, bis er heiser war. Estrella verschloß wieder die Türen. Auf der anderen Seite des Betts zusammengekauert, hörte sie ihn mit angsterfüllter Aufmerksamkeit an, und mit einmal ging ihr in einem schrecklichen Licht die unerbittliche Verkettung der Tatsachen auf. Sie hatte die grauenhaften Photos auf den ersten Seiten der Zeitungen vor Augen gehabt, ohne in ihrer törichten Feigheit von damals darin den Anfang von allem gesehen zu haben. Nun, durch die Worte des anderen, sah sie ihn groß auf der Schwelle der Zeit der Angst, der Einsamkeit und des Hungers, in einem fernen Haus, wo eine verhutzelte Alte in ihrem Sarg lag, gestorben mit leeren Eingeweiden in Erwartung der geraubten Nahrung. Als sie die fürchterliche Tragweite dessen ermaß, was sie gesagt hatte, um sich die von der Inquisition vom Hals zu schaffen, dröhnte ihr das Wort, das sie selbst in prahlerischem Annehmen der Wirklichkeit auf sich anzuwenden pflegte, in den Ohren, als ob es in tiefen Brunnen widerhallte. Sie erinnerte sich nicht mehr, wann sie zuerst Gefallen daran gefunden hatte, sich den Männern auf die Knie zu setzen und den Schweiß und den Tabak in ihren Hemden zu riechen, weil sie sich des morgigen Tages sicher fühlte, sobald zwei harte Arme sich um ihren Leib schlossen, um sie besser festzuhalten. Sie sprach von ihrem Körper in der dritten Person, als wäre er unterhalb der Schlüsselbeine etwas Fremdes, Energiebegabtes und durch sich selbst mit Mächten ausgestattet, die ihr die Werbung und die Freigebigkeit der Männer eintrugen. Wie durch Zauber trat diese fremde Gegenwart sogleich in Aktion und forderte lang anhaltende Bemühungen von Männern ihr fremder Kreise, deren Leben einen anderen Rhythmus und andere Ziele hatte. Was dieser studierte, ein anderer erwartete, ein dritter erstrebte, vermochte sie sich nicht zu erklären. Sie war die Unbeweglichkeit und die Erwartung, der bekannte Ort unter all diesen aus unbekannten Wohnungen kommenden Männern, die Gestalt annahmen, sobald sie um die Ecke in ihre Gasse einbogen, und die sich, bis zu ihrem nächsten Erscheinen, in der Stadt aufzulösen schienen, sobald sie gingen. Ihr Kopf spielte eine zweitrangige Rolle in dem erstaunlichen Leben ihres Körpers, den alle, in Gebärden und Wünschen identisch, in ähnlichen Worten lobten und den sie, den eigenen Sockel besteigend, als etwas nie sich Hingebendes, kaum je wirklich zu Besitzendes darstellte, woraus sie auch das Recht ableitete, indifferent, kalt, herablassend zu sein, obgleich sie sich dann doch stillschweigend hingab, wenn das Aussehen eines Kunden oder die Vorahnung seiner Künste ihr eine egoistische Hingabe lohnend erscheinen ließen, in der sich die Rollen vertauschten und der Mann den Part der *en passant* besessenen Frau spielte. Ihr Körper stand außerhalb des Begriffs Sünde. Wenn sie von ihm sprach, löste sie ihn von sich ab, am meisten ihn personifizierend, wenn sie auf den Ort, der ihm die Mitte gab, in Ausdrücken wie von einem sehr kostbaren, in einem andern Raum des Hauses verwahrten Gegenstand anspielte. »Mit dem Kopf sündigen wir«, hatte sie in einer Predigt aufgeschnappt, ohne recht hinzuhören, weil sie bemerkt hatte, daß die als echt ihr geschenkte Spitzenmantille unter ein paar Weihwassertropfen schwarze Farbe ließ. Aber ihr Kopf konnte ihr wenig vorwerfen, fungierte er doch zugunsten des einzigen Berufes, den sie, korrekt in ihren Absprachen, pünktlich in ihren Verabredungen, großzügig angesichts der Notlage anderer oder der Hilflosigkeit ihresgleichen, gegen verdienten Lohn ausüben konnte. Selbst die Nachbarinnen aus den umliegenden Häusern, kirchlich getraute Frauen, sagten, sie sei mehr Señora als manche andere, angeblich ehrbare Frau, und stellten sie in ihren Hechelreden als Vorbild hin. Sie brüstete sich mit ihrer Offenheit und scheute sich nicht, mit dem treffendsten Wort sich als das zu bezeichnen, was sie war. Doch als sie nun von dieser Angst, von diesem Hunger, von dieser tödlichen Einsamkeit erfuhr, wurde ihr das Wort ein Greuel. Jetzt, da sie wußte, waren es nicht mehr nur die vier leicht anrüchigen Laute, die ihr auf die Lippen kamen, sondern das gemeine, mit Schwären und Steinigungen befrachtete Wort: das seit jeher in Gefängnissen, Latrinen, Spitälern und Vomitorien heimische Schimpfwort. Ein Hinweis, gegeben, um eine kaum ernst zu nehmende Drohung von sich abzuwenden – eine Drohung zudem, die, hätte sie sich erfüllt, mehr ihre

Bequemlichkeit als ihre Person betroffen hätte – hatte sie zur Hure gemacht. Hure, nicht durch das Tun ihres Körpers, sondern durch das unredliche Verhalten, das anständige Leute, Frauen eines einzigen Mannes, den Frauen ihres Standes nachzusagen pflegten. Diesmal hatte sie mit dem Kopf gesündigt, und das Böse, das sie durch ihr Sündigen mit dem Kopf heraufbeschworen hatte, war so ungeheuerlich, daß das WORT, über die Unschuld ihres von Entsetzen geschüttelten Körpers hinweg, mit Höllenstimmen gegen sie aufstand... Als der Mann, schwitzend, keuchend, sie wiederholt und immer lauter seiner Aufrichtigkeit versichernd, von seinen Bitten und Gebeten, von Gott als dem wunderbar Neuen in seinem Leben berichtete, brach Estrella in Schluchzen aus. Er war es nun, der sie in den Arm nahm, sie neben sich bettete und ihr, ehe er das Licht löschte, mit einem Stück Seidenpapier die Schminke von den Lippen wischte.

Estrella schminkte sich nun nicht wieder die Lippen. Mit einem in Alkohol getränkten Tuch rieb sie sich, ihm den Rücken kehrend, das Gesicht ab. Ohne Schminke lagen ihre Augen tiefer in der glanzlosen und – wie bei allen, die im Rauch der Holzkohle aufwachsen – leicht erdfarbenen Haut unter dem dichten, mit Kämmen gebauschten Haar. Sie nahm aus dem Schrank das schwarze Kleid, in dem sie in der Karwoche die Stationen des Kreuzwegs aufsuchte, und die schwarz gefärbten, für Beileidsbesuche und Totenwachen vorgesehenen Schuhe. Der Mann kaute an einem Stück Brot, das er in kalte Soße getunkt hatte – alle Essensreste hatte der Hund bekommen – und fühlte, nachdem er die Frau besessen hatte, eine unerwartete Ruhe. Mehr als Essen hat das mir gefehlt, dachte er. Und beschrieb ihr zum wiederholten Male in allen Einzelheiten das Haus. Die Frau kannte das weit entfernte Viertel nicht, war höchstens das eine oder andere Mal durchgefahren, wenn sie im Zoo gewesen war, um ein paar seltsame Tiere zu bestaunen. Überdies war ihr alles, was nicht im Umkreis der Pfarrkirche lag, so fremd, als läge es auf der andern Seite der Bucht oder jenseits der alten Befestigungswerke. Von Vierteln wie Orfila, Nazareno, Palatino sprach sie, als wären es ferne Städte, in deren Straßen ein Mensch, hatte er sich erst einmal verlaufen, tagelang herumirren konnte. Die ihr bekannten Wege waren die zwischen Kirche und Kirche, wenn sie in der Karwoche die Stationen ablief. Sie *wurde besucht*; sie selbst besuchte so gut wie niemanden. Deshalb mußte man ihr das Bild einprägen. Von den vier Straßenecken war es die mit dem Garten hinter den hohen Gittern. Zwei Stockwerke; Vorhöfe mit grünen Sonnendächern und Kinderschaukeln. In den Gladiolen- und Margaritenbeeten standen weiß gestrichene Statuen. Man konnte sie von der Straße aus sehen: eine Frau, in Schleier gehüllt, die einen Apfel in der Hand hält (»Eva?« fragte sie); die andere mit Lanze und Helm wie ein Krieger (in alten Zeiten kämpften die Frauen wie Männer, hatte ihr der Großvater erzählt). Und zu beiden Seiten des Eingangs zwei Löwen, jeder mit einem schwarzen Ring im Maul. (Wie die Löwen an dem Denkmal an der Küste, das mit dem Adler auf der Säule.) Man machte sich nicht (wie hier) mit dem Türklopfer bemerkbar, sondern zog an einer Kette rechts neben der Eingangstür. Man läutete nicht Sturm (wie man hier Sturm klopfte), sondern wartete ein wenig nach jedem Läuten (glaubte er, daß sie so wenig Manieren hatte?). Sie mußte den Brief dem Hochgestellten übergeben. Und eine Antwort ohne Ausflüchte verlangen. So tun, als ob sie sehr genau über die Geschäftsstelle Bescheid wisse, ihn also kompromittieren könne: höflicher, aber bestimmter Ton einer Frau, die notfalls die ganze Nacht warten würde. Sollte der andere Ungeduld zeigen: den zweideutigen, ironischen, beunruhigenden Ton anschlagen, der vermuten läßt, daß man vieles weiß. Wenn sie Schwierigkeiten haben sollte, empfangen zu werden, wenn der Diener in weißer Uniform kam und ging, sie aufforderte, morgen wiederzukommen: sagen, daß *ein Unglück* geschehen sei, ohne sich weiter darüber auszulassen. Schlechte Nachrichten öffnen Tür und Tor. Sollte der Hochgestellte ausgegangen sein: versuchen, in dem kleinen spanischen Salon zu warten (hatte sie das mit der geschnitzten Truhe und den zwei Rüstungen mit den auf den Schwertknäufen ruhenden Eisenhandschuhen begriffen?). Und wenn man sie dort nicht bleiben ließ: draußen vor dem Gitter warten. Unter der Platane stand eine Bank, die Bittstellern gut bekannt war... Als sich Estrella ihm zuwandte, ungeschminkt, in Trauerkleidung und ohne anderen Schmuck als ein Amulett an einer feinen Kette, mußte er sich das Lachen verbeißen, so sehr glich sie plötzlich jeder beliebigen Schülerin der Akademie für Zuschneiden und Nähen. »Du siehst wie eine Dame aus«, sagte er und gab ihr den neuen Geldschein, der in seiner Gürtelschnalle steckte. Und als er durch die Jalousien blickte, sah er, daß sie ein Mietauto anhielt. Es war acht Uhr. Solche Leute aßen spät. Als er allein im Haus war, fühlte er sich sicher, geborgen, Herr der Nacht, die ihn dem Ende seiner Ängste näher brachte. Langsam zog er sich an, klopfte an seinem

Anzug herum in dem Versuch, ihn wieder in Form zu bringen. Über dem Patio ballten sich die Wolken, rötlichviolett im Widerschein der Lichter der Stadt. Drüben, hinter dem Granatapfelbaum, war das Eßzimmer mit dem leeren Speiseschrank und dem karierten Wachstuch, dort hingen die Schmuckteller an den Wänden, bemalt mit Gondeln und Schlössern, Katzen, die mit Wollknäueln spielten, Buchten bei Neapel, Hufeisen auf Rosen. Er trank den Rest Likör, der in der Flasche geblieben war, und wiederholte sich noch einmal den Text des Briefes, den er in Ermangelung besseren Papiers auf einen dieser blau liniierten Bogen geschrieben hatte, die einzeln und, für den Fall, daß man sich bei der Adresse verschrieb, mit zwei Umschlägen verkauft wurden. Er wollte etwas tun, um die Umstände zu seinen Gunsten zu lenken, und so betete er, der Empfänger des Briefes möge dasein, die Überbringerin unverzüglich vorgelassen werden und mit einer guten, befreienden Nachricht zurückkehren. Er nahm das Buch mit dem Kalatravakreuz, das er als einen glückverheißenden Gegenstand in der Tasche trug, kniete im hintersten Zimmer vor einem mit Rosenkränzen behängten, von einem ewigen Licht sanft angestrahlten heiligen Joseph nieder und sprach halblaut das Gebet an den Mittler zwischen Gott und den armen Sündern: »Mächtigster Schutzpatron und unser Fürsprecher, von Gott erwählt, wie er Moses erwählt hat, zu bewahren nicht eine hölzerne Lade, sondern die wahre Lade des Testaments, Maria, in deren allerreinstem Leibe der höchste Gesetzgeber, Jesus Christus, Fleisch geworden ist...« Am Ende war er im Zweifel, ob er neun oder zehn Gebete gesprochen hatte, und erlegte sich elf weitere auf. Aber da jemand Einlaß begehrte – sicher ein Kunde Estrellas – löschte er alle Lichter und kauerte sich im Dunkeln zusammen, auf die Geräusche der Straße lauschend, wo der Warenverkehr zum Markt hin bisweilen dicht wurde. Er schlief ein wenig, vielleicht auch nicht; aber das Winkelmaß, nach dem seine Hand griff, konnte nur aus einem sehr kurzen Traum kommen, den er, an der Wand lehnend, im Stehen geträumt hatte. Hier war kein Winkelmaß. Mehrere Lastwagen fuhren vorbei. Und nach langem Warten, als Ungeduld seine Zuversicht zu trüben begann, ließen erbittert streitende Stimmen vor dem Haus ihn schlagartig hochfahren. Estrella suchte einen Mann zu beschwichtigen, der sie höhnisch – und lautstark, damit die Passanten ihn hören konnten, die er zu Zeugen aufrief – zur Rede stellte. Das Türschloß klirrte, und die Frau kam hereingerannt, den neuen Geldschein schwenkend, den er ihr gegeben hatte, damit sie das Auto bezahlen konnte. »Der Chauffeur behauptet, daß er falsch ist. Ich habe kein...« Nun schlug, mächtig hallend in den hinteren Zimmern, der Türklopfer gegen die Tür. »Er sagt, daß die Geldscheine, auf denen der General verschlafen aussieht, falsch sind. Ich hab kein Geld. Ich habe heute die Miete bezahlt.« Fassungslos untersuchte der Gehetzte den Schein, hielt ihn gegen das Licht, drehte ihn um, besah ihn wieder und wieder, während der vor der Tür weiter höhnte und schrie. »Nie gebe ich Anlaß zu einem Ärgernis. Ich bin eine anständige Person«, jammerte Estrella. Ein Polizist ging langsam auf die Tür zu, die immer noch unter den Schlägen des Türklopfers dröhnte. »Geh schon, ich bring das in Ordnung«, sagte die Frau und deutete auf das hinterste Zimmer, wo neben dem heiligen Joseph mit den Rosenkränzen ein Fenster auf ein unbebautes Grundstück ging. Während er in die Dunkelheit zurücktrat, wurde die Tür wieder geöffnet, und verworrenes Reden war zu hören. Der Taxifahrer war auf den Handel eingegangen und beschwichtigt; nun entschuldigte er sich, einen solchen Aufruhr gemacht zu haben, und erzählte alle möglichen Geschichten von falschem Geld, bei Nacht hingereicht, um desto besser betrügen zu können. Dann folgten Getuschel und Gelächter. Und plötzlich die Stimme Estrellas, so übertrieben laut, daß sie bis auf die andere Seite des Patio zu hören war: »Ich sag dir doch, Liebling, daß wir allein sind; schau nach, wenn du willst.« Aufgestört durch die Warnung, schwang der Verfolgte ein Bein über die Fensterbrüstung und sprang in die Dunkelheit hinaus. Er rutschte aus und fiel auf einen Haufen von nassem Papier, verfaultem Obst, Federn, Austernschalen und Marktabfällen, in denen morgen erst die Hunde, dann die Aasgeier wühlen würden. Er war mit einmal so müde, daß er eine Weile zwischen den kalten Muschelschalen und Fischschuppen liegen blieb, ohne sich zum Gehen entschließen zu können. Ein Zigarettenstummel fiel auf ihn herab, den der Mann aus dem Fenster geworfen hatte, und Funken brannten auf seiner Hand. Es war, seltsam, eine jener wie auf dem Land in Maispapier gerollten Zigaretten, die hier fast niemand mehr rauchte. Durch den Schmerz aus seiner Trägheit gerissen, stand er auf, wußte aber nicht, wohin gehen. Er suchte nach seiner Sonnenbrille: sie lag, erinnerte er sich, auf einem Korbtischchen neben Estrellas Bett. Im Scheinwerferlicht eines Autos, das um die Ecke bog, lief sein Schatten die Wand entlang.

Nun stand er am alten Brunnen – einer Tränke für Pferde und Maultiere in Zeiten, als noch die Fuhrleute in den ersten Stunden der Nacht im Takt müde geschüttelter Schellen in die Stadt herunterkamen – und versuchte, die Flekken aus seinem blauen Anzug zu entfernen. Da er keinen Lappen hatte, tauchte er eine Handvoll Stroh in das noch sonnenwarme Wasser und rieb den Stoff damit ab. Aber gleich kam es ihm vor, als ob er von ein paar Lastträgern zu sehr beobachtet würde. Obwohl er von solchen Leuten nichts zu befürchten hatte, verließ er den Brunnen, ging davon durch eine schmutzige Gasse, wo Kohlstrünke in der Abflußrinne schwammen und zertretenes Obst auf den Kloakengittern lag. Selbst unter Verzicht auf jeden Umweg war der Weg bis zur Geschäftsstelle weit. Er überschlug ihn in Baumeinheiten, weil er Schatten brauchte, und Buscheinheiten aus Angst vor den Anhöhen, als hätte er einen endlosen Weg in unbebautem Gelände vor sich. Er war drauf und dran, an Estrellas Tür zu klopfen, damit sie herauskam; aber er erinnerte sich, daß sie immer, wenn jemand bei ihr war, alle Lichter an der Vorderfront ihres Hauses löschte und auf Klopfen nicht antwortete, weil sie wußte, daß manche Männer, die es fertigbrachten, später wiederzukommen, wenn sie glaubten, sie hätte nur einfache, rasch erledigte Dienste zu leisten, gleichwohl Skrupel hatten, sich zwischen die noch vom letzten Kunden warmen Bettlaken zu legen. Er konnte sich auch nicht darauf verlassen, daß der Taxifahrer schnell abgefertigt sein würde: sicher würde er die Gegenleistung ausnützen und womöglich bis über Mitternacht bleiben. Also mußte er möglichst rasch *dorthin* gelangen, um zu erfahren, endlich und ein für allemal, ohne Aufschübe und Ausflüchte zu erfahren, ob morgen die Nacht enden würde, die nun schon so lange dauerte. Er verlangte nicht viel: ein Visum, ein bißchen Geld und ein paar Leute – Leute vor allem –, die ihn im letzten Augenblick decken würden. Der, mit dem er jetzt sprechen würde, war ein Mann aus dem Regierungspalast. Er hatte ihn durch ein Buch, das, per Post zugestellt, beim Öffnen explodiert war, von einem gefürchteten Gegner befreit. Er hatte sich einen besonders dicken, fest gebundenen Band beschaffen müssen, damit die Seiten ausgehöhlt werden konnten – *Anthologie berühmter Redner, von Demosthenes bis Castelar*, Madrider Ausgabe, Anfang des Jahrhunderts, Kalbsledereinband. Genau zwischen Cicero und Gambetta wurde die Höllenmaschine eingebaut. Der Mann, der den Band hergerichtet hatte, war inzwischen, wie alle übrigen, gefallen, ohne zu denunzieren oder zu »singen«, wie sie das nannten. Nur er, der Überlebende, der in dieser gewundenen Gasse zwischen herabgelassenen Rolläden ging, kannte noch das Geheimnis dieser Postsendung. Den Einlieferungsschein des unter falschem Namen eingeschriebenen Pakets hatte er in einem sicheren Versteck aufbewahrt. Notfalls würde er den Mann aus dem Regierungspalast daran erinnern, würde ihm drohen, er werde eine Kopie davon mit einer ausführlichen schriftlichen Erklärung an die Zeitungen schicken und ihn dadurch zwingen, unverzüglich zu handeln. »Bleib, wo du bist, und warte«, war ihm mitgeteilt worden. Aber er hatte mehr als genug gewartet, und ein Tod hatte ihn gegen seinen Willen aus dem Aussichtsturm vertrieben. Da dachte er, daß für ihn schon manches Schlimme sein Gutes gehabt habe. Vielleicht war der Tod der Alten ein letzter Akt der Güte gewesen, ihr zu verdanken, die ihn eine Zeitlang mit der Milch ihrer Brüste genährt hatte... Mit neuem Mut beschleunigte er seinen Schritt und dachte, wie töricht es gewesen war, Estrella auszuschicken, um das zu verlangen, was er mit besserem Recht als jeder andere fordern konnte. Er betrat die Allee mit den doppelten Baumreihen, wo der König von Spanien in Lockenperücke und Samt aus Marmor Wache hielt zwischen Säulen aus einer großen Epoche, die neben den orange und blau gestrichenen Säulen der umliegenden Portale herrscherlich wirkten: Überreste eines lang zurückliegenden Triumphs zwischen dem falschen Glanz und der Willkür einer stilmischenden Zukkerbäckerarchitektur. Er ging vorbei an dem hohen gotischen Turm, dessen Strebepfeiler sich über einem Laden mit Schneckenhäusern und Amuletten für Negerriten öffneten, querte die Arkaden der Großen Loge, um nicht an den Sicheln der Parteizentrale vorbeizukommen, die wegen irgendeiner Zellenversammlung noch erleuchtet war. Auch der Partei hatte er bald nach seiner Ankunft aus Sancti Spiritus abgeschworen, dachte er, während er rascher ging, und suchte in der Geste, mit der er sich vor einem Muttergottesbild an einem Hauseingang bekreuzigte, eine nützliche Entschuldigung. Dann kamen die nüchternen Gitter des Botanischen Gartens, die mit lateinischen Namen beflaggten Beete, die von Orchideen kranken Bäumen, die Victoria regia, weit geöffnet auf schlafenden Wassern zwischen gigantischen, vom kalten Licht der Straßenlaternen gesprenkelten *malangas*. Dahinter stand, schwarz gegen rötliche Wolken sich abhebend, das Gefängnis auf dem steil abfallenden Hügel über den Schanzen der alten spanischen Festung, den Festungen nachgebaut, die auf Wunsch des Vorkämpfers der Christenheit ein italienischer Militärarchitekt auf dieser Insel errichtet hatte, ein besonders findiger Kopf in der Kunst, Verliese, unterirdische Gänge und geheime Zellen im Stein zu verstecken. Der Flüchtende schauderte bei dem Gedanken, daß hier, nahe am vierten Wachtturm, neben den Schießscharten, aus denen jetzt nur noch Schreie drangen, vor nicht allzu langer Zeit das unersetzlichste seiner Glieder sich unter der drohenden Folter grausam zusammengezogen hatte. Da die Bäume hier dichter standen, suchte er ihre Schatten auf, um sich von der entsetzlichen Erinnerung zu befreien. Schwer atmend stand er vor dem Hügel der strahlend erleuchteten Universität, aus der Lautsprecher dröhnten. Die zu dieser Stunde ungewöhnliche Beleuchtung erinnerte ihn an die Theateraufführungen, die die Studenten der Geisteswissenschaften von Zeit zu Zeit im Säulenhof veranstalteten. Sicher sahen sich hier Hunderte von Zuschauern irgendeine Tragödie an, dargestellt von Studenten, die als Boten, als Wächter, als Helden verkleidet waren. In diesem Augenblick ermaß der Gehetzte, wie kurz der Übergang gewesen war, der ihn aus diesem Gebäude mit den Säulenhöfen und dem auch von fern lesbaren HOC ERAT IN VOTIS unter den Allegorien der Wissenschaften in die finstere Strafanstalt gebracht hatte, wo er schmählich ausgespuckt hatte – gesungen, wie sie das nannten –, was er von Leuten erfahren hatte, denen er in den Gängen der Universität begegnet, zu seinem Unglück begegnet war. Aus dem Lautsprecher brüllten die dramatisch übersteigerten Stimmen der Atriden, und der Chor heulte Verse, die den Flüchtenden am Fuß der von Gestrüpp überwucherten Anhöhe festhielten. *Der Fluch erfüllt sich, lebendig sind die Toten, die unter der Erde ruhen, die Opfer von gestern trinken rachsüchtig das Blut ihrer Mörder*… Der umspringende Wind verwehte, was folgte. Der Mann setzte sich auf den Rand des Gehsteigs in den Schutz einer laubreichen Platane, die schwarze Samenkörner auf den von Wurzeln aufgerissenen Zement warf. Am Anfang war alles gerecht, heldenhaft, erhaben gewesen: die Häuser, die nachts explodierten; die auf offener Straße niedergeschossenen Würdenträger; die Autos, die, wie vom Erdboden verschluckt, verschwanden; die Sprengladungen, zu Hause verwahrt zwischen der mit Basilienkraut parfümierten Wäsche; die Flugblätter, in Brotkörben gebracht oder in Bierkästen mit abgeschlagenen Flaschenhälsen als Tarnung. Es waren die Zeiten der aus der Entfernung gefällten Urteile, des Muts ohne Prahlerei, des Spiels auf Leben und Tod. Es waren die Zeiten der rätselhaften Hinrichtungen, in die Wege geleitet von einem lächelnden Boten und vollstreckt beim Öffnen eines Buchs, beim Empfang eines Ostergeschenks, in Seidenpapier gewickelt und verziert mit Misteln und Osterglocken. Es waren die Zeiten des Gerichts.

(...obwohl ich mich bemüht habe, es zu verdrängen, es totzuschweigen, ist es mir gegenwärtig, habe ich es immer vor Augen: wenn ich nach Monaten des Vergessens, das kein Vergessen war, in Gedanken wieder jenen Nachmittag durchlebte, versuchte ich mir die Bilder aus dem Kopf zu schütteln wie ein Kind, das sich in schmutzige Vorstellungen von den Körpern seiner Eltern verstrickt sieht; so viele Tage sind vergangen, aber alles ist noch da: der Geruch von fauligem Wasser unter den verblühten Narden in den Vasen aus Karneol; die in der Abendsonne leuchtenden Kacheln an den Arkaden vor dem langen, viel zu langen Saal mit den Jalousien; die vom Dach nach unten drückende Hitze; die breit geschliffenen venezianischen Spiegel und, am Lüster, die Spieldosenmusik der Kristallgehänge, die in der Brise wie Eiszapfen klirrten. Der auf seinem Schemel betende Mönch im Schweizer Wetterhäuschen hatte die Kapuze halb über den Kopf gezogen, weil ein paar Tropfen Regen gefallen waren, als wir den Saal betraten. Alle wissen wir, was hier gesagt werden wird; alle wissen wir, daß die Waffen, die hinter der Tür liegen, nicht umsonst geladen sind. Und dennoch hält man das alles für notwendig, um desto sicherer ein für allemal Schluß machen zu können. Es sind die Zeiten des Gerichts. Ich höre die Vögel singen hinter den vergoldeten Stäben ihres Käfigs mit Filigrankuppel und Glastüren, ich sehe im Teich die Schildkröten die Köpfe aus dem trüben Wasser heben und langsam gähnen. Alles wird ungeheuer wichtig in diesem Augenblick einer ausgesetzten, noch ausgesetzten Zeit, in der alles, was später stattfinden wird, so erscheint, als geschähe es vorher. Die Jurastudenten, die als Richter fungieren werden, kommen herein, setzen sich hinter den Tisch; der Angeklagte tritt ein, eine Zigarre rauchend, deren Asche er möglichst lange zu halten sucht: zur Schau getragene Ruhe, die nicht in Einklang steht mit seiner Blässe und den fahrig bewegten Füßen. Der Ankläger – in dunkler Krawatte, während alle andern in Hemdärmeln dasitzen – spricht vom Attentat auf den Kanzler: seine Wege waren ausgekundschaftet, der Ort der Hinrichtung gewählt, die Standorte der Männer, die mit geöffneten oder geschlossenen Zeitungen den besten Fluchtweg anzeigen sollten, festgelegt: in derselben Nacht noch hätten die Karosseriekosmetiker mit ihren Lötkolben, Aerographen und Ätherfarben ein unkenntlich gemachtes Auto zurückgebracht. Da schlugen die Einfallsreichen den unterirdischen Gang vor. Und der Wunsch, auf einen Schlag Schluß zu machen und den Mann mitsamt allen seinen

Würdenträgern in die Luft zu jagen, war so mächtig gewesen, daß sie den Tunnel zu graben begannen, von der Flußböschung bis unter die Familiengruft, wo mit weit offenen Flügeln und betend gefalteten Händen der weiße Engel stand. Unter dem letzten Grabgewölbe wollten sie die Sprengladung deponieren, während der Grabrede sollte sie gezündet werden. Wir arbeiteten nachts, gruben uns immer tiefer in die lehmige, von Abwässern stinkende Erde. Als wir wußten, daß wir unter der Friedhofsmauer angekommen waren, weil unsere Pickel auf den Unterbau trafen, war der Gestank so groß, daß ein paar von uns in Ohnmacht fielen und die Mediziner sie mit Medikamenten der Pharmaziestudenten wieder zu Bewußtsein bringen mußten. Uns ablösend, setzten wir die schaurige Arbeit fort, bis mit Tagesanbruch bei den Fischerhütten die ersten Hähne krähten und dem finsteren Werk ein Ende setzten, das sich von Norden her, unter Kreuzen und Grabkapellen, den Weg zu dem weißen Engel bahnte. »Verteidige dich«, rufe ich, als der Ankläger auf den Verräter zeigt, der durch sein Reden das große Werk zunichte gemacht und uns mehrere Menschenleben gekostet hat. »Verteidige dich«, rufen alle und wollen den Grund erfahren, den sie nicht kennen, die unerträgliche Zwangslage, das unmögliche Überraschtwerden, damit die Waffen auf dem Bett hinter der Tür nicht angerührt und unter dem Baum mit dem dicksten Stamm die Schaufeln nicht bewegt werden müssen. Aber der Schuldbeladene zuckt nur die Achseln, nimmt noch einmal auf seine im voraus besiegten Schultern, was wir alle nur zu gut wissen... Das Wort »Tod« fällt. Und nach dem Gesprochenen, dem Spruch, der Endpunkt, dem Wort, das Zusammenbruch von Erschaffenem ist, tritt ein langes Schweigen ein. Ein Schweigen schon im *Nachher*. In dem, was zu sein aufgehört hat: Herzschlag und Bewegung, die schon wissen von dem ins Schwungrad geschleuderten Eisen und von der Erde, gestreut über die noch warme Reglosigkeit des zum Stillstand Gebrachten. Ein Körper, schon abwesend anwesend: ohne Hast streift er die Uhr vom Handgelenk, weiß er sich doch schon außer der Zeit; gewohnheitsmäßig zieht er sie mit Daumen und Zeigefinger der rechten Hand auf; legt sie auf den Tisch, einem andern zum Erbe, und blickt zum letzten Mal auf die Uhrzeiger, die Stunde, die für ihn nicht mehr zu Ende gehen wird. Der gleiche Körper, den ich in den Duschräumen des Stadions so sehr bewundert habe, wenn er umjubelt zurückkam, verschwitzt und schmutzig von Schürfwunden, Tiergeruch ausströmend, wenn die Handtücher von dem behaarten Rücken fielen. Wie sehr hatte ich mir für meinen eigenen Körper dieses Rückgrat gewünscht, das sich so geschmeidig in den Wirbeln bog, diesen zwischen den Lenden eingewölbten, unter schwarzem Haar sich verengenden Bauch; diese vom Springen gestrafften Beine, die nun unter das Wasser rannten; diese Brust, aus der sich überschüssige Energie in Singen und Schreien Luft machte. Und in haarsträubenden Worten, während er sich den Kopf einseifte, verkündete er, daß er noch Lust habe auf Frauen, Musik und Schnaps. Die erlauchten Geister meiner Provinz – häufige Gäste in der Schneiderei und immer mit Blick auf den Brunnen, in dessen Schatten Heredia meditiert hatte – mochten mir noch so oft schreiben, daß die Muskeln dumm sind und nur der Geist groß. Ich beneidete dieses eng die virile Gestalt umspannende Fleisch, das, unverändert von seinen Ausschweifungen, unter uns lebte, sich am Stab hochfederte, die Hürden überflog und den Speer schleuderte wie die Helden im Altertum. Jetzt wölbte sich dieser Rücken vor den Richtern so jämmerlich, als wollte er die letzten Herzschläge zählen. Und man muß die Hand heben und das Urteil fällen. Zwei, fünf und mehr Hände. Meine hängt schlaff herab, sucht im Fell eines an meinem Stuhl schweifwedelnden Hundes einen Vorwand, sich nicht heben zu müssen. »Verteidige dich«, sage ich noch einmal, so leise, daß niemand es hört. Und es ist mein Ellenbogen, der sich zuletzt, unter aller Erwartung, vorschiebt und die feigen Finger auf gleiche Höhe mit denen so vieler anderer hebt. Alle umarmen den Verurteilten, ohne ihm ins Gesicht zu sehen. Die Henker holen ihre Waffen. Und kurz danach kracht die Salve unter dem Baum mit dem dicksten Stamm. Staunen und Schrekken angesichts dessen, der da liegt: wie leicht es ist, eine Existenz auszulöschen. Alles erscheint ganz natürlich: was sich bewegt hat, bewegt sich nicht mehr; die Stimme ist verstummt unter dem Schwall Blut, das nun als eine feste Glasur das unrasierte Kinn bedeckt; alles, was gefühlt werden konnte, ist gefühlt worden: die Bewegungslosigkeit hat nur einen Kreislauf von Wiederholungen unterbrochen. »Es mußte sein«, sagen alle vor ihrem Gewissen und suchen ihre Rechtfertigung in der Geschichte. Und gehen in die Nacht auseinander, ohne sich länger verbergen und den Schatten mißtrauen zu müssen, denn die Zeiten haben sich verändert, und jedesmal wiederholen sie lauter, *das* habe sein müssen, damit sie sauberer in die veränderten Zeiten eintreten könnten... Die Vögel unter ihren Filigrankuppeln schlafen, die Schildkröten strecken noch immer die Köpfe aus dem trüben Tümpel, ohne sich zu bewegen. Der Mönch im Schweizer Wetterhäuschen hat die Kapuze über den Kopf gezogen, erinnere ich mich, denn ein paar Tropfen Regen waren gefallen, aufgesogen sogleich von den trockenen Dachziegeln. Um den Baum mit dem dicksten Stamm schwirren die Fliegen, suchen die Kugeln, die den Körper durchschlagen haben. Auf einem Ast ruft eine Kröte mit dem krächzenden Schrei eines Nachtvogels. Es waren die Zeiten des Gerichts...)

...Die Zeiten des Gerichts, denn zwei, drei Jahre schon herrschte damals die Erbitterung und vollbrachte das Schreckliche am hellen Tage, richtete und fällte und entfesselte die Rachefurien, die sich erbarmungslos gegen die Schwachen und die Verräter wandten. Auf das aber, was notwendig, was gerecht, was heldenhaft war, folgten die Zeiten der Beute. Sobald keine Vergeltungsmaßnahmen mehr zu befürchten waren, gingen die Unzufriedenen dazu über, das Risiko auszubeuten, trieben in bewaffneten Banden oder Kommandos Handel mit der Gewalt, erboten sich, Aufträge auszuführen, und forderten ihren Preis, um zugunsten dieses oder jenes abermals am hellen Tage die Furien loszubinden. Selbst die Polizei flüchtete vor den Schrecklichen, diesen Söldnern mächtiger Schutzherren, für die Gefängnismauern immer einen Spalt hatten. Noch immer wurde behauptet, das alles sei notwendig und gerecht; aber wenn der aus dem Aussichtsturm Vertriebene, nun selbst Verurteilte von einem Auftrag zurückgekommen war, hatte er bis zum Umfallen trinken müssen, um glauben zu können, daß notwendig und gerecht sei, was er getan hatte. Auf vergossenes Blut war ein Preis gesetzt worden, mochte dieser Preis auch nach Begriffen der Revolution bestimmt worden sein. Als der Mann, der auf dem Gehsteig saß, sich erinnerte, welchen Gebrauch sie in jenen Tagen von diesem alles deckenden Wort gemacht hatten, verkrampfte sich ihm die Hand, die den Tod eines Menschen gefordert hatte. Jämmerlich wölbte sich nun sein Rücken unter der Furcht, den Blick der Henker in der Nacht aufleuchten zu sehen... (Irgendwo sind die Waffen geladen, wie auch die Waffen, die, Abzug an Abzug, Kolben an Kolben, Mündung an Mündung, auf dem Bett hinter der Tür lagen, geladen waren. »Verteidige dich«, sagte ich. Sagte es und wollte doch nicht, daß meine Stimme gehört wurde. Sagte es zu mir selber, um mir sagen zu können: du hast es gesagt. Manchmal frage ich mich, ob ich es überhaupt gesagt habe, ob es nicht das Echo dessen war, was andere gesagt haben. Und dann der Weg – ohne ihn anzublicken – zu dem Baum mit dem dicksten Stamm, dessen Rinde – ich erinnere mich – sich schälte wie die Rinde an diesem, die einen Geruch wie von bitteren Mandeln in meinen Nägeln hinterläßt. Auf einem Ast hat eine Kröte gerufen – wie an jenem Nachmittag; wie an dem Nachmittag, da ich mich befugt glaubte, mich zur Rechten des Herrn zu setzen...) Er empfand Abscheu, Ekel vor seinem bisher gelebten Leben; und ein brennendes Verlangen, sich zu einem Beichtstuhl zu schleppen und laut zu schreien, daß nichts notwendig gewesen sei, und alle seine Schuld auszuspeien, damit ihm die außergewöhnlichsten, die schrecklichsten Strafen, die die Kirche kannte, auferlegt würden, und war froh bei dem Gedanken, daß es Strafen für Greuel wie die von ihm begangenen gab. Als er zwei Männer langsam die abfallende Straße auf die Stelle zukommen sah, wo er im Schutz der Schatten saß, warf er sich bäuchlings zwischen die Wurzeln der Platane, so jäh, daß seine Zähne aufschlugen und sein Mund sich mit dem

Geschmack seines Blutes füllte. »Ein Betrunkener«, sagte der Ältere und beugte sich leicht herunter. »Vielleicht an einem Schlaganfall gestorben«, meinte der andere, der nicht hinsehen wollte. »Morgen werden sie ihn schon holen.« Die beiden Passanten entfernten sich auf die Fahrbahn zu. Auch für sie war der Tod etwas Einfaches. Ein steif gewordener Leichnam ist etwas zum Wegschaffen oder Hinbringen; etwas Lästiges, weil er schwer wiegt und sich schlecht aufladen läßt, obgleich man ihn – der *Form* wegen – auch nicht auf der Straße liegenlassen kann. Er hat etwas Menschliches und erinnert durch seinen Umriß an einen Ablauf, der unter den Wurzeln – nicht über ihnen – beendet werden muß. »Morgen werden sie ihn schon holen«, wiederholte der Ältere schon von fern, wie um sich der Pflicht, Meldung zu erstatten, zu entheben. Der Flüchtende stand auf und schüttelte die roten Ameisen ab, die seine Ärmel hochgekrochen waren. Ihre Bisse spornten ihn zum Gehen an. Aber gleich blieb er wieder stehen, um sich zu vergewissern, daß die Schritte, die auf dem gegenüberliegenden Gehsteig hallten, auch wirklich die seinen waren. Der Wind, der von Nord auf Süd gedreht hatte, wehte wieder das Gebrüll aus den Lautsprechern herüber: Frauenchöre, aus denen die schrille Stimme einer Pharmaziestudentin herausklang, die er kannte: *Eilt in die Halle zurück, das zweite zu vollbringen, wie ihr das erste vollbracht habt.* Und ein Mann antwortete: *Fürchtet nichts, wir werden den Auftrag vollenden. – Aber rasch, und auf welchem Wege du willst*, heulte, drängend, irgendeine Elektra. Die Stimme hatte recht. Er mußte sich beeilen, um möglichst bald *dort* anzukommen, auf welchem Wege immer. Es lag auch kein böses Vorzeichen in dem »Wir werden den Auftrag vollenden« der anderen Stimme... Vor ihm öffnete sich bis zum Meer hinunter, das mit dichten, von fernen Blitzen durchzuckten Wolken verhangen war, eine Allee, in der mehrere Präsidenten in dicken Bronzegehröcken auf ihren Granitsockeln standen, in heroischer Größe emporgehoben über die Eis- und Getränkeverkäufer, die mit ihren Glöckchen bimmelten, als kündigten sie die heilige Wegzehrung an. Hier mußte er dicht an den Häusern gehen, denn die Palmen, die mit ihren Kronen die höchsten Straßenlaternen überragten, warfen keine Schatten. Der Flüchtende gelangte in die dunkle Straße mit dem trübseligen Café und den grünen Holzsäulen, Imitation eines verwaschenen toskanischen Stils, und erreichte mit langen Schritten die Ecke, wo das Haus der Geschäftsstelle, ohne Wände, auf einige Pfeiler reduziert war, die auf dem mit Steinen, Balken und abgebröckeltem Stuck bedeckten Marmorboden noch aufrecht standen. Die Gitter und die Löwen mit den schwarzen Ringen im Maul waren bereits entfernt worden. Ein Laufsteg für Schubkarren führte quer durch den großen Salon nach oben und endete in einer Toilette, wo über einem Haufen formloser Mauerreste ein paar Schaufeln die Stiele wie Windmühlenflügel spreizten. Im Garten, neben dem andalusisch verschnörkelten Tor, lag die Pomona samt Sokkel und Grundstein auf dem von Gips bestäubten Gras einer Rabatte. Ein Hund schlief unter der Aufschrift, die mit dem Anstreicherpinsel auf eine geborstene Bohle geschrieben war:

SCHUTT ZU VERSCHENKEN

Eine Wand des hintersten Zimmers stand noch; ein umgestürzter Schubkarren lag, wo früher der Sekretär gestanden hatte, dessen Einlegearbeit ihn damals wegen der

Motive – wippende und am Stab über Stiere springende Männchen – so belustigt hatte. Ansonsten war es schwierig, im Geist das Mobiliar dieses Arbeitszimmers zu rekonstruieren, den Tisch, auf dem ein tintenloses Tintenfaß mit Bronzeadlern und eine Löschwiege in gepunztem Korduanleder gestanden hatten. Aber er brauchte nur in diesem Winkel zu sitzen, unerreicht vom Licht einer nahen Straßenlaterne, um sich in aller Deutlichkeit den Augenblick des Bruchs zu vergegenwärtigen. Bis dahin war bei den schrecklichen Aktionen der Gruppe alles Kühnheit, Selbstvergessenheit, heiliger Zorn gewesen. Sie hatten ihm beigebracht, Nummernschilder zu fälschen, mit Dynamit umzugehen, Gewehrläufe abzusägen und die Waffen dann mit zwei Teilen feinem und einem Teil grobem Schrot zu laden. Er kannte sich mit Codeschlüsseln und Geheimschriften aus, bei denen das Wort HIPOTENUSA, gewählt, weil kein Buchstabe zweimal darin vorkam, aus dem Alphabet genommen und seine Buchstaben in anderen Reihenfolgen zusammengesetzt wurden, die so eine geheime Ordnung ergaben; er verstand die Sprache der geöffneten und geschlossenen Zeitungen; er hatte mit den anderen den Pickel in den Letten geschlagen, der nach Abwässern stank und durchsetzt war mit dem Moder aus alten Särgen, als sie den unterirdischen Gang gruben, der unter dem Friedhof für die an Begräbnisgepränge Armen hindurch zum Grab des Kanzlers führen sollte, damit auf dessen Begräbnis alle Verabscheuten auf einmal in die Luft gejagt würden. »Recht geschieht ihm, dem Hund«, pflegte er damals mit dem Brustton der Überzeugung zu sagen, sooft er einen jener hastigen Leichenzüge sah, bei dem die Trauernden ängstlich zwischen den Gräbern gingen und mißtrauisch auf die Stämme der

Zypressen blickten. »Recht geschieht ihm, dem Hund«, sagte er auch vor den schwarzumrandeten Anzeigen in den Zeitungen und fand das *requiescat in pace* noch zu nachsichtig... Und eines Tages war er an der Reihe zu schießen; es war in der breiten Allee mit den Bronzepräsidenten. Der Verurteilte sah glücklich aus, als er sich an jenem kühlen Morgen an den Hafen fahren ließ, um dort die Meerbrise zu genießen. Seine Finger trommelten eine Melodie auf den grünen Wagenschlag, ein Rubin glänzte an seinem Ringfinger. Die Verfolger fuhren in der richtigen Geschwindigkeit heran, sie hoben die Waffen vom Boden des Wagens auf, ohne daß die Läufe aneinanderstießen. »Entsichere«, sagte der rechts von ihm Sitzende, weil er wußte, daß er in solchen Aufgaben noch unerfahren war. Gleich darauf war der Nacken so nah vor ihm, daß er die Pickelnarben darauf hätte zählen können. Dann sah er ein verstörtes Gesicht, zwei flehentlich aufgerissene Augen, hörte ein Aufheulen und die Detonation. Das zerschossene Auto fuhr mit dem Gerassel von Schrott gegen den Bug einer der beiden Galeeren, die das Denkmal der Seehelden flankierten, während die Verfolger durch eine Querstraße entflohen. »Recht geschieht ihm, dem Hund.« Aber in jener Nacht hatte er bis zur Betäubung trinken und halb bewußtlos in Estrellas Bett fallen müssen, um den pickelnarbigen Nacken zu vergessen, der so nah vor seiner Waffe gewesen war, fast zum Greifen nahe. Als er bald darauf erfuhr, daß dieser Tod plötzlich jemanden begünstigte, kamen ihm Zweifel, die aber rasch wieder beschwichtigt wurden von denen, die so geschickt mit den alles rechtfertigenden Wörtern umgingen. »Die Revolution«, sagten sie, »ist noch nicht zu Ende.« Und so wurde er von immer aktiveren Händen Stufe um Stufe in die Bürokratie des Schreckens gezogen. Aus der anfänglichen Wut, dem Schwur, die Gefallenen zu rächen, dem Gedanken an das HOC ERAT IN VOTIS vor den Leichen der Hingerichteten wurde ein Beruf, der raschen Profit und hohen Schutz gewährte. Und eines Morgens saß er vor dem Sekretär mit der Einlegearbeit, die an Goya erinnerte, und erklärte sich bereit, gegen Lohn die Leitung bei der Vorbereitung einer gewissen, per Post abzuschickenden *Redner-Anthologie* zu übernehmen. Als er am nächsten Tag vor dem Café am Marktplatz, wohin er immer ging, wenn er von Estrella kam, verhaftet wurde, begriff er, daß die Polizei aufgrund eines bloßen Verdachts handelte, ohne ein sicheres Indiz, denn der Einlieferungsschein war gut versteckt und der Mann, der den Sprengsatz eingebaut hatte, war aus der Stadt geflohen, sobald er erfahren hatte, daß das Buch in den Händen des Empfängers explodiert war. Der Hochgestellte aber hatte das größte Interesse daran, zu schweigen... Er erinnerte sich an den Gang über die Zugbrücke; an das schwarze Fallgitter, an dem noch verrostete Ketten hingen; an den Weg durch die Korridore mit den Zellen, in denen das Licht nie gelöscht wurde, damit die Männer, die dort auf Pritschen aus Segeltuch und Leitungsrohren lagen, sich nicht wie Tiere auf dem Boden paarten. Und nach zwei Tagen ohne jeden Bescheid, ohne Essen – ohne Alkohol nach dem monatelangen Trinken – waren sie da: die auf sein Gesicht gerichteten Scheinwerfer, die Fäuste mit den Ochsenziemern, die Stimmen, die sagten, sie würden ihm die Backenzähne bis in die Wurzelspitzen aufbohren, und die anderen Stimmen, die davon sprachen, ihn auf die Hoden zu schlagen. Die Vorstellung, sie könnten sein Geschlecht angreifen, schien ihm unannehmbar und außerhalb jeden Rechts und jeder Macht zu liegen. Er hatte getötet, er hatte nicht kastriert. Sie aber würden ihn jetzt um sich selbst vermindern; sie würden ihn bei lebendigem Leibe austrocknen, ihn der Achse berauben, auf die der Körper sein Wappen gesetzt hatte, seinen innersten Stolz auf die Unfehlbarkeit einer nur ihm zu verdankenden Kraft. Jeder künftigen Erregung, unzähligen Besitzens beraubt, tot für anderes Fleisch, würde er in wenigen Minuten den Weg des Greisenalters antreten müssen. Seine Wirklichkeit zerbrach, zerriß unter den Scheinwerfern, die wie im Operationssaal auf sein Gesicht gerichtet waren, beim Klang dieser Stimmen, die immer näher kamen, schauerlich verstärkt durch den Widerhall im niedrigen Wehrgang, die sagten, daß sie ihn nun in seiner strotzenden Kraft versehren, ihn entmannen, verstümmeln, kastrieren würden. Die Hände, die auf sein verzerrtes Gesicht zukamen, der Schweiß auf allen seinen Gliedern trieben die Angst vor einem Schmerz, der ihn an einer anderen Stelle seines Seins weniger geschmerzt haben würde, aufs äußerste. Alles würde zusammenbrechen in diesem Tod vor dem Tode, den er in endlosen Tagen ohne Umarmung unter der Last seines toten Körpers würde erdulden müssen. Der erste Zugriff der Zange entriß ihm einen tierischen Schrei, so lang, so verzweifelt, daß ihn die andern einen Feigling schimpften und mit einem Schlag ins Gesicht zum Schweigen brachten. Und als er zum zweiten Mal das Metall an seiner zusammengezogenen Haut spürte, rief er in heiserem Röcheln, das in Gebrüll und Schluchzen überging, nach der Mutter. Und, die Augen starr in das Licht gerichtet, das seine Pupillen mit glühenden Kreisen füllte, die Hände öffnend über dem, was sein war, in einer Bewegung, als wollte er es zurückholen, es an sich ziehen und sich wieder einverleiben, begann er zu sprechen. Er sagte, was sie hören wollten; er erklärte die Ausführung kürzlich begangener Attentate und stellte sich selbst, um seine Schuld abzuschwächen, als bloßen Mitläufer und Komparsen hin, als er die Namen derer aussprach, die zu dieser Stunde auf den Sofas einer Vorstadtvilla schliefen oder, die Waffen an den Lehnen ihrer Stühle aufgehängt, am langen Eßtisch tranken oder Karten spielten. Über alle Erwartung zufrieden mit seinen Informationen und Enthüllungen, nahmen seine Befrager ihm ab, daß er nichts gewußt habe von der Zurichtung und dem Versand des Buches, das zwei Menschenleben gefordert hatte, und legten es als kollektive Arbeit der Gruppe zur Last. Und als der nackte Mann, der immer noch sein Geschlecht hielt, sagte, daß er mehr nicht wisse, schickten sie ihn mit einer Zigarette als Lohn für seine Denunziation in seine Zelle zurück. Und da waren wieder die Gefängniszelle, die Schritte auf dem Gang, die grausame Angst, alles könnte von vorn beginnen. Am Morgen verlangte er in einem Brief an den Gefängnisvorsteher, daß der Mann im Regierungspalast von seiner Verhaftung verständigt werde. Eine halbe Stunde später wurde er auf Befehl eines Staatssekretärs in Freiheit gesetzt... Er ging über die Zugbrücke und langsam den Abhang der Festung hinunter und staunte, mit welcher Ergriffenheit er nach dem Gang durch die Hölle das Leben in den Straßen erwachen sah. Es war wie der Beginn einer Genesung; eine Heimkehr ins Land der Menschen. Er hatte nicht einmal Hunger, auch kein Verlangen, an die Mahagonitresen zu treten, wo die morgendlichen Zecher die ersten Tropfen Schnaps als

Trankopfer für die Seelen der Verstorbenen vergossen, bevor sie ihn kosteten. Unter dem milden, dunstigen Licht zwitscherten die Platanen aus allen ihren Federn. Der schlanke Turm der Herz-Jesu-Kirche in seinem abgeschatteten, opaleszierenden Weiß hob das Marmorbild der Muttergottes weit über die Kuppel der Nikolauskirche empor, in der zur Stunde die Negerinnen, weißhaarig und mit Rosenkränzen behängt, in den violetten Kleidern mit der gelben Kordel als Gürtel, in Erfüllung ihrer Gelübde an den Nazarener die Messe hörten. Und in der Morgensonne glänzten wieder die roten Mosaiken der Kirchenkuppeln, die vergoldeten Kreuze, die Kupferdächer der Glockentürme der Karmeliter-, der Franziskaner-, der Mercedarierkirche, erwachte das Leben auf den flachen, von Balustraden gesäumten Dächern, wo die Wäscherinnen ihre Wäsche wuschen, und dahinter das Meer, alles umfangend und so hoch, daß es schien, als führen die Fischerboote über die Dächer. Auf dem Weg in seine Wohnung genoß der Freigelassene die Kühle unter den Arkaden, den Duft der Kaffeeröstereien, entdeckte wie jemand, der aus dem Krankenhaus heimkehrt, die Geschmeidigkeit der Butter, das Krachen des frischen Brots, den milden Glanz des Honigs. Er schlief bis Mittag und erwachte erst durch die Zeitungsjungen, die eine Sonderausgabe ausriefen. Die Bilder zeigten Leichen, hingestreckt auf einen Gehsteig, den er gut kannte, Blutlachen zwischen umgestürzten Möbeln, Sterbende auf Operationstischen, auch die Fenster in Küche und Speisekammer, durch die einige wenige mit einem Sprung in die Schlucht entkommen waren. Als er am Nachmittag dieses selben Tages zum Haus des Hochgestellten unterwegs war, fand er eben noch hinter einer Säule Schutz vor einer

Garbe von Kugeln, abgefeuert aus einem schwarzen Auto, dessen Nummernschild unter einem Gewirr von Luftschlangen verschwand, denn es war Karneval.

Der Hund wachte auf und begann die Schatten über ihm anzubellen, nicht wütend, eher monoton, ein Blaffen und noch ein Blaffen, dazwischen Pausen, in denen er, um sich selbst kreiselnd, Jagd machte auf die unerreichbaren Flöhe in seinem spärlich behaarten Schwanz. Der Gehetzte erhob sich mühsam und stieg den Laufsteg für Schubkarren hinunter, betrat durch die Decke den großen Salon, wo noch, schmutzig und in verblaßten Farben, die Syringen und Schellentrommeln einer pompejanischen Allegorie zu sehen waren. Im leeren Türrahmen erwartete ihn, lustlos bellend, der Hund. »Nicht einmal einen Biß bin ich ihm wert«, dachte der Mann und ging durch den mit Latten gespickten Garten. Bis zu den Knöcheln sank er in den gipsgeschuppten Lehmboden ein, ehe er die Straße erreichte. Der Gedanke, noch einmal auf Baum- und Säulenwegen die Stadt zu durchqueren bis in das weit entfernt liegende Viertel Estrellas, erschien ihm unausführbar. Seine Müdigkeit war jenseits aller Müdigkeit. Es war, als lägen seine Glieder in tiefer Betäubung und bewegten sich nur noch unter dem Antrieb einer fremden Kraft. Er war bereit, den Kampf aufzugeben, in Erwartung des Schlimmsten jetzt und ein für allemal stillzuhalten, und ging dennoch weiter, ziellos, von einem Gehsteig zum andern, verirrt in der Straße, die er am besten kannte. Er hätte sich an diesem Baum fallen lassen, wäre nicht das dumpfe Blaffen gewesen, das ihm hartnäckig auf den Fersen blieb. Er entsann sich ein paar unbebauter Grundstücke, wo er sich zwischen Gestrüpp hätte verstecken und schlafen können. Aber sie lagen zu fern für seine Müdigkeit. Alles, was er an Geld besaß, war der falsche Geldschein, den Estrella ihm zurückgegeben hatte und der überall abgelehnt werden und nur gefährliche Auseinandersetzungen heraufbeschwören würde. Seine alte Wohnung wurde von *den andern* überwacht. In den billigen Hotels mußte man im voraus bezahlen, und um in die großen zu gehen, in der Absicht, sich am nächsten Tag fortzustehlen, sah er viel zu heruntergekommen aus. Warum kannten die Menschen heute nicht mehr die alte, hilfreiche Einrichtung der »Zuflucht an geweihter Stätte«, von der er in einem Buch über die Gotik gelesen hatte? O Christus! Stünden in dieser endlosen Nacht wenigstens deine Häuser offen, damit ich im Frieden des Kirchenschiffs auf die Fliesen fallen und stöhnen und mich befreien könnte von allem, was ich in meinem Herzen verborgen habe... Oh, auf dem kalten Boden liegen, mit der Last des Steins auf meinem Herzen, die Wange an den kalten Stein gepreßt, die Hände ausgebreitet auf dem kalten Stein, um das Fieber zu lindern, den Durst zu stillen, die brennenden Schläfen zu kühlen auf dem kalten Stein!...

Eine Kirche erstrahlte in der Nacht zwischen Feigenbäumen und Palmen, erglänzte mit allen Rosetten ihres weißen Glockenturms, der durch das Licht der im Rasen aufgestellten Scheinwerfer noch schlanker aufragte. Die Kirchenfenster erglühten, das Purpurrot und Grün der Hauptrosette flammten auf. Und plötzlich öffneten sich die

Tore des Kirchenschiffs, und über einen scharlachroten Teppich führte ein Weg zu dem in Kerzenlicht strahlenden Altar. Langsam näherte sich der Gehetzte dem aufgetanen Haus; unter den Spitzbogen eines Seiteneingangs ging er hinein und blieb überwältigt am Fuß eines Pfeilers stehen, der den Geruch von Weihrauch ausströmte. Die Hand tauchte in das kühle Weihwasser, trug es auf Stirn und Mund. Eine Orgel erklang leise, wie um die hohen Register zu erproben. Vorn ragte über einem mit Spitzen gedeckten Altar das Kreuz auf, von dem sich hell der Leib Christi abhob. So groß war das Staunen des Mannes über die Verwirklichung seiner Bitte, daß die Gebete, die er aus dem kleinen Buch gelernt hatte, ihm nicht über die Lippen kamen. Er schaute nur; schaute ohne Ende auf das, was da, der Nacht seiner Angst entrückt, für ihn brannte. Von Pfeiler zu Pfeiler – wie zuvor von Baum zu Baum – ging er nach vorn, näherte sich scheu, Schritt um Schritt, dem Tisch der Eucharistie. Jeder Übergang, jeder Seitenaltar befreite ihn von einer Hülle des Grauens. Aufatmend blieb er stehen, sog die Luft ein, die nach vergossenem Wachs und nach dem Firnis eines kürzlich restaurierten Letzten Abendmahls roch. Mit der Empfindung, etwas Kostbares zu berühren, ruhten seine Finger auf dem Geländer der Kanzel, auf dem Holz eines Beichtstuhls. Als er sein immer leichter zu tragendes Fleisch durch die mystische Lade Dem entgegentrug, der über der blumengeschmückten Altardecke hing, blutend unter den Nägeln und der Dornenkrone, wußte er – fühlte er – zum ersten Mal, was eine Kirche sein konnte… »Sind Sie eingeladen?« fragte eine ruhige Stimme hinter ihm. »Ich bin eingeladen«, antwortete er, ohne sich umzudrehen, und hörte gleich darauf einen gedämpften Schritt sich entfernen.

Aber hinter ihm schwoll, im Vorraum beginnend, ein großes Gemurmel immer lauter an, je weiter es unter den Spitzbogen vorrückte. Er stand an der Sakristei, als er plötzlich dieses Geräusch wahrnahm, als würde ihm nach einem schwindelerregenden Aufstieg in die Höhen des Universums das Gehör umgestülpt. Hell gekleidete Frauen traten herein, Männer in Festanzügen, Kinder mit Blumenzweigen in den Händen: Menschen, die ihn nicht ansahen, die, unter dem Licht ein Geflimmer von Schleifen und flatternden Stoffen bewegend, ihn nicht sahen. Der Gehetzte begriff, warum die Kirchenschiffe in der Nacht beleuchtet worden waren: gleich würde die Braut kommen, Hochzeitsmärsche würden erklingen, Brautgeld würde gezahlt, Ringe angesteckt werden, und dann würde das wieder menschenleere Heiligtum in die Dunkelheit zurückkehren. Wenn alles zu Ende war, würde er endlich einen Menschen finden, der bereit war, ihn anzuhören. Dieses Haus war Zuflucht und Schutzort. Sicher kannte der Geistliche den Hochgestellten, dessen Haus, so nahe der Kirche, jetzt abgerissen wurde. Wenn er die grauenhafte Wahrheit erfuhr, die aus seinem Munde kommen würde – alles würde er sagen, so wie es Ihm, dem nichts verborgen bleibt, gesagt werden mußte –, würde der Beichtvater ihm vielleicht zum Helfer werden. Hochzeitsmusik erklang von der Orgel, und alle wandten sich dem Zug zu, der sich hin zum Altar in Bewegung setzte. Im Halbdunkel einer Kapelle nahm der Gehetzte, den Bewegungen des Priesters folgend, wie im Traum an der Zeremonie teil. Die rituellen Handlungen und Lesungen erschienen ihm endlos, auch wenn er sich noch so oft wiederholte, daß seine Ungeduld ein Sakrileg war und es ihm nicht zustand, über das zu befinden, was unter den

Nägeln des Kreuzes geschah. Wieder erschollen die Orgelpfeifen in brausendem Triumph. Und dann löste sich die Menge in Gruppen auf, die viel zu langsam hinausgingen. Die Lichter erloschen, Dunkelheit kehrte ins Mittelschiff zurück, während weiter hinten die hohen Portale geschlossen wurden. Ein paar geschäftige Gestalten bückten sich, um den Teppich aufzurollen, andere nahmen den Schmuck ab und rückten die Bänke zurecht. Als auch diese gegangen waren, trat Stille ein, eine große Stille im Schein der Kerzen, die schwach die heiligen Bilder beleuchteten: die Erscheinung Christi, den Christus mit den Wundmalen und den Christus mit den Aposteln beim Letzten Abendmahl, dessen noch frischer Firnis von Glanzlichtern gesprenkelt war... Der Mann wartete lange, weil er es nicht wagte, die Sakristei zu betreten, wo ein Zusperren von Schränken, ein leichtes Klirren aneinanderstoßender Gegenstände von der Anwesenheit eines Menschen zeugten. Aber plötzlich erschien im Türrahmen die korpulente Gestalt des Pfarrers, der noch in die helle Soutane gekleidet war. »Wer ist da?« fragte er mit energischer Stimme und griff nach einem schweren Kerzenleuchter. Der Gehetzte trat aus dem Dunkel, bedrückt von dem unvorhergesehenen Gedanken, er könnte für einen Dieb gehalten werden. Wie in dem Wunsch, sich zu erklären, zeigte er das Buch mit dem Kalatravakreuz. Der Geistliche sah es mißtrauisch an, ohne seine unbestimmt abwehrende Haltung aufzugeben. Da versuchte einer, der auf die Knie gefallen war und die Hände um das kleine schwarze Buch preßte, zu ihm zu sprechen. Aber sein Schluchzen erstickte die Sätze, die keinen Sinn ergaben, sondern unaufhörlich zu dem Gedanken an Schuld und Abscheu vor sich selbst zurückkehrten. Verblüfft hörte der Pfarrer der heiseren, unter Weinen und schweren Atemstößen brechenden Stimme zu, die sich finsterer Verbrechen und höllischer Vergehen anklagte, und machte nicht einmal den Versuch zu verstehen. Er kannte von Berufs wegen solche Krisen bei Leuten, die imstande waren, einen ganzen Tag lang mit ausgebreiteten Armen zu Füßen der schmerzensreichen Muttergottes zu liegen und die Dolche in ihren Wunden für sich zu fordern; oder solche, die ihre Obsessionen erzählten, als ob sie sie erlebt hätten, wieder von vorne begannen, sobald sie die Absolution erhalten hatten, und jeden Morgen in eine andere Pfarrei gingen, um immer das gleiche zu erzählen; oder auch die, die auf den Knien über den Kirchenboden rutschten, die Brust voller Skapuliere, und sich auf irritierende Weise danach drängten, die Heiligenfiguren in den Prozessionen zu tragen, mit maßlos zur Schau gestellter Inbrunst die Schultern unter den Mann aus Nazareth zu schieben. Es waren die gleichen, die, wenn sie krank wurden, zu den falschen Jungfrauen, den schwarzgesichtigen Heiligen liefen und sie mit barbarischen Namen anriefen. »Morgen«, sagte er in Gedanken an diese Pfarrkinder. »Morgen. Komm morgen zur Beichte«, und je dringender der Mann auf seiner Bitte bestand, desto schneller wiederholte er, ungeduldig und zuletzt ärgerlich, sein »morgen, morgen, morgen«. Plötzlich heftete er den Blick wieder auf das kleine Buch mit dem Kalatravakreuz, das dem Knienden aus den Händen gefallen war: trotz des vorschriftsmäßig eingetragenen Imprimaturs waren dies die Bücher, die zwischen rotgekleideten Püppchen, frevelhaft mit JHS gezeichneten Viehglokken und Tonköpfen mit Muschelaugen in den Zauberkramläden verkauft wurden. Die Gebete waren gut, aber sie wurden aufgesagt in Gedanken an die Häresien der *santeros* und mit Bitten um Dinge, um die man in einer Kirche nicht bitten durfte. Das Gesicht des Pfarrers wurde rot vor Zorn. Mit starker Hand zog er den noch immer Sprechenden vom Boden hoch und führte ihn energisch durch die Sakristei, an den großen Truhen vorbei zur Hintertür, die er mit seinem breiten Körper verstellte. »Morgen«, sagte er in milderem Ton zum letzten Mal. »Und denk daran, daß du nüchtern kommen mußt, nichts mehr essen darfst, wenn es Mitternacht geschlagen hat.« Ein mehrfaches Umdrehen des Schlüssels hinter der Tür war zu hören. Dann wurde zur Sicherheit noch ein Balken vor die Tür geschoben. Die Lichter an der Fassade gingen alle auf einmal aus, und die Kirche verschmolz wieder mit den Schatten der Feigenbäume und Palmen, die sich im plötzlich aufgekommenen, nach Regen riechenden Wind bewegten. »Nichts mehr essen, wenn es Mitternacht geschlagen hat.«

Und wieder gehen, schwankend, über alles stolpernd – verletzt von den Kanten der Gehsteige, von Wurzeln, von einem Stein, dahin gelegt, wo sein Fuß an ihn stoßen mußte – und einen letzten Gedanken im Kopf: dort, neben dem Sarg der Alten mußten noch die Kerzen brennen. Und würden bis zum Tagesanbruch dort scheinen, wo man ihn schon gesehen hatte, wo sein Gesicht kein neues Gesicht sein würde. Hinaufgehen, nochmals den Verwandten die Hände drücken, wiederholen: »Ich spreche Ihnen mein Beileid aus«, und dann auf das Lager im Aussichtsturm fallen, ohne sich darum zu kümmern, wenn von innen gegen die Tür geschlagen wurde. Bis nach der Beerdigung würden sie ihn nicht stören. Das Haus war nicht mehr weit, denn dies war schon die Straße, in der die Sattlerei mit dem Phaeton und die Visitenkartendruckerei lagen. Er strengte sich an, wieder schneller zu gehen, als zwei fahrige Hände ihn von hinten an den Ellenbogen faßten. Eine bekannte Stimme erklang in seinem Nacken, der schon bereit war, den Hieb zu empfangen. »Ich will einen Mann umarmen«, sagte der Stipendiat und ließ ihn los, um auf ihn zuzuschwanken. Und indem er, betrunken, mit schräg zurückgelegtem Gesicht Bewunderung mimte: er wolle ein Denkmal errichten, sagte er, denen zum Ruhm, die sich in solchen Zeiten einen heroischen Geist bewahrten. »Wir brauchen mit Blut besiegelte Bruderschaften«, schrie er, unbekümmert um die Versuche des anderen, ihn zum Schweigen zu bringen, und rief laut nach Todesstrafen und unerläßlichen Züchtigungen. Bei der nächsten Unternehmung solle man ihm eine Gelegenheit geben, verlangte er und hob beide Hände in der Bewegung des Schießens. Er wollte den Gehetzten in das grelle Licht eines Speiselokals voller Leute ziehen. »Bring mir was zu essen«, bat der andere inständig und blieb im Schatten einer Pinie stehen. (Bis es Mitternacht schlug, war noch Zeit: mit dem Blick auf die Uhr wollte er Einem beweisen, daß er die Regel, denen auferlegt, die stöhnend danach verlangten, sich dem Tisch des Herrn zu nähern, nicht übertrat.) Der Stipendiat kam mit einer Flasche Schnaps zurück; die Bitte hatte er vergessen. Zu zweit gingen sie ans Meer, das die Straße abschloß und mit dumpfen Schlägen gegen die Klippen brandete... Und nun saßen sie nebeneinander in der alten Badeanstalt vor den zwei rechteckigen, in den Felsen gehauenen Schwimmbecken, darin die durch einen schmalen, von Seeigeln schwarzen Kanal einströmenden

Wellen erstarben. Die große offene Holzbaracke, deren Dach überall da, wo ihm die Stützen fehlten, eingebrochen war, ächzte mit allen losen Brettern unter dem Ansturm des Windes. Eine Phosphoreszenz erschien plötzlich in dem größeren Becken, eine treibende, fahlgrüne Bahn, und erhellte den verrotteten Grund, aus dessen Alveolen Muränen, zwischen raupenrückigen Mollusken auf Beute lauernd, die Köpfe hervorstreckten. »Wir müssen zu den Menschenopfern zurück«, faselte der Stipendiat, »zum Teocalli, wo der Opferpriester das frische, saftige Herz auspreßt, bevor er es zu den andern in die Faulgrube wirft. Wir müssen zurück zum heiligen Schrecken der rituellen Opferungen, zum Feuerstein, der sich in lebendiges Fleisch bohrt und die Rippen hebt…« Der Verfolgte kannte die Rhetorik des Stipendiaten noch aus der Zeit, als beide im selben Provinzinstitut zur Schule gegangen waren und große Pläne für die Zukunft geschmiedet hatten. »Das ist unsere Welt«, lallte er mit immer schwererer Zunge, »und zu deren ältesten Traditionen müssen wir zurück. Wir brauchen Caudillos und Opferpriester, Adlerritter und Leopardenritter, Leute wie dich.« Mehrere Blitze erhellten in rascher Folge die jämmerliche, vom Holzwurm zerfressene, verwaschen grüne Baracke, wo beide zwischen den Wasserlachen im Gestank gestrandeter Algen, verfaulter Mollusken und trüben, von den Abfällen der Stadt verunreinigten Meerwassers lagen. »Ich habe Hunger«, stöhnte der Gehetzte, das Gesicht auf dem Boden. »Selig sind, die da hungern in dieser Stadt der an ihrem Bauche hangenden Völler«, sagte der Stipendiat. Und erging sich im Lob der durch Entbehrungen und frühe Prüfungen Geläuterten und verstieg sich bis zu den Ritterorden. Der andere war so erschöpft, daß er den Betrunkenen reden ließ, ohne auch nur zu versuchen, seinem Geschwafel zu folgen. Er genoß den letzten Trost, der ihm in seinem Elend blieb: eine Stimme neben sich zu haben, die kein Anzeichen einer Gefahr war. Der Stipendiat reichte ihm die Flasche. Aber der Gedanke, dieses scharfe Getränk ohne Festigkeit und Dichte und kaubare Härte zu schlucken und durch die Kehle rinnen zu fühlen, verursachte ihm solchen Ekel, daß er zungenschnalzend vortäuschte, sich den Mund zu füllen, und die Flasche dabei mit der Hand zuhielt, damit ihn der Geruch nicht zum Brechen reizte. »Der Übermensch«, sagte der andere. »Der Übermensch... Der Wille zur Macht.« Seine Ideen waren so verworren, daß nicht einmal er selber der Exposition seiner dunklen Theorien zu folgen vermochte, die nur noch aus Satzfetzen, zornigem Grunzen und konfusen Beschimpfungen an die Adresse nicht näher bezeichneter Leute bestanden. Der Gehetzte beschloß zu schlafen: auch der Stipendiat würde einschlafen, wenn die Flasche ausgetrunken war, oder fortgehen, ohne sich zu erinnern, wo und mit wem er zusammengewesen war. Er schnallte den Gürtel auf, öffnete den Kragen, legte die Pistole neben sich, weil sie ihn drückte, und streckte sich mit geschlossenen Augen auf dem Rücken aus. Sein Gehör entfernte sich von den Worten des andern, wie ein Kind sich beim Einschlafen von den nach und nach ihm entgleitenden, sich verflüchtigenden Worten des Wiegenlieds entfernt... Er war gerade in einen unruhigen Schlaf gefallen, da packte ihn der andere am Arm, so daß er erschrocken auffuhr. Nahe bei ihnen standen, zu einer einzigen Silhouette verschmolzen, ein Mann und eine Frau. In dem Bemühen eng umschlingender Arme, ganz zu umfassen, war der höhere Kopf über den anderen gebeugt. Im Licht eines Blitzes schien es, als ob beide Neger wären. Unter einem Duftschwall von Vetiver flog das Kleid der Frau in hohem Bogen mit ausgebreiteten Ärmeln zu Boden. Der Mann nahm sie um die Taille, bog sie auf eine Bank nieder, und sekundenlang erhellte ein neuer Blitz einen Körper in Metamorphose. Die von dumpfem Röhren begleitete Vereinigung glich mehr einem grausamen Ritual als einer liebevollen Umarmung. Plötzlich kippten die beiden Leiber mit dem dumpfen Aufprall eines fallenden Weinschlauchs von der Bank, ohne sich zu lösen oder zu trennen. »Die sind unsere Kraft«, schrie der Stipendiat, »die sind unsere Kraft!« Die Schatten richteten sich auf. Der Mann ging angriffslustig in die Richtung, aus der der Schrei gekommen war, während die Frau, in einen Winkel geduckt, um ihr Kleid bat. Der Gehetzte flüchtete auf die Straße, und ein Geräusch von Schlägen auf weichem Fleisch sagten ihm, daß der Stipendiat Fausthiebe erhielt, die er nicht zurückgab. Ein lang rollender Donner – dann kam Regen. Ein lauer, dichter, rasch strömender Regen, einer von denen, die nur so obenhin fegen und kleine Staubklumpen auf der Erde zurücklassen. Unter dem Schauer lief der Flüchtende zu dem Haus mit dem Aussichtsturm. Aber dann stürzte soviel Wasser von den Dachvorsprüngen, prasselte in solchen Strömen aus den überschwemmten Dachrinnen auf die Gehsteige herab, daß er rasch, in der instinktiven Besorgnis, seinem dunklen Anzug einen letzten Rest von Dezenz zu bewahren, in ein Café neben dem Konzertsaal sprang. Zwei Männer standen auf, als sie ihn sahen. An der Art, wie sie sich mit Blicken verständigten, an dem langsamen Aufstehen, dem Griff an die Brusttasche erkannte der Gehetzte, daß sie sich erhoben hatten, um ihn zu exekutieren. Er griff nach der Pistole, aber seine Hand verkrampfte sich über der leeren Stelle: die Waffe war auf dem Boden der öffentlichen Badeanstalt liegengeblieben. Eine Ambulanz kam mit heulenden Sirenen in höchster Geschwindigkeit angefahren. Zu Tode erschrocken, stürzte der Verurteilte vor ihr los und rannte in die Vorhalle des Konzertsaales. Der Krankenwagen, brutal gebremst, war zwischen seinem Körper und den auf Brusttaschenhöhe angehaltenen Handgriffen zum Stehen gekommen.

III

... und die Musiker mit diesen Instrumenten, die wie große Sprungfedern aussehen, spielten ihre Musik für geweihte Hundemeuten, ihre Jägermesse, zu Ende; dann kam die Stille, die er in der schrecklichen Einsamkeit des Aussichtsturms so oft *gehört* hatte, damals, als selbst ein gewöhnlicher Kabelleger, wenn er zu seiner Flora aus grünen Isolatoren aufstieg und sich mit ihm auf gleicher Höhe befand, die Macht des Todesengels besaß; nach einer Pause kommt die andere, die hüpfende Musik, die etwas von diesem Spielzeug für kleine Kinder hat, wo zwei Püppchen durch die Bewegung zweier paralleler Stangen abwechselnd ihre Hämmer auf einen Holzblock sausen lassen; gleich werden die abgerissenen Walzer kommen, das Flötengezwitscher, und dann die Trompeten, Trompeten, groß wie die, welche die vergoldeten Engel an der Orgel der Kathedrale meiner Erstkommunion an den Mund gesetzt hielten; Minuten, nur noch ein paar Minuten; dann werden alle Beifall klatschen, und die Lichter werden angehen, alle Lichter; und man wird hinausgehen müssen durch eine der fünf Türen: drei in meinem Rücken, die wie eine einzige sein werden; zwei auf den Park, die wie eine einzige sein werden; sie, die zwei, werden draußen warten, rauchend und die Hände griffbereit. Hinausgehen mitten unter den Leuten; Körper um den Körper haben. Aber diese Körper werden aneinander vorbeigehen, werden, eilig sich zerstreuend, den Schutzkreis auflösen; die Frau im Fuchspelz wird nicht mehr zu sehen sein; der Mann weiter drüben wird allein durch den Park gehen, zu nichts nütze, weil er allein ist; der Mann vor ihm, dessen Nacken ich nicht anschauen will, wird gehen; auch der links mit seinem Geschnaufe; auch der Lange mit den unruhigen Knien; auch das junge Paar, das Hand in Hand so ernst zuhört; und ich werde allein sein auf dem endlosen Gehsteig, dem nassen, schlüpfrigen Granit, auf dem schlecht zu laufen ist; ich werde allein sein auf freiem Feld, ohne Waffe vor denen, die dann reichlich Zeit haben werden, in die Brusttaschen zu greifen, zu zielen, ohne Hast abzudrükken und die Kammern zu leeren in einer einzigen Garbe. Ah, das Aufheulen, der Blick dessen, der damals vor mir fuhr, den Nacken voll Pickelnarben, so sehr dem Nacken ähnlich, den ich hier vor mir haben mußte, näher als damals den andern, den ich über dem abgesägten Gewehrlauf aufs Korn nahm ... Auch die, die draußen auf mich warten, hatten auf den Nacken mit den Pickelnarben geblickt – nicht hinsehen, nicht hinsehen. »Entsichere«, hatte der Lange gesagt, der nie vergaß, was in solchen Augenblicken zu tun war, und der danach die Flucht geleitet hatte – »rechts, immer rechts«, »überhol den Lastwagen«, »links«, »jetzt der Tunnel«, »Vorsicht« –, ohne je auf ein Hindernis, eine Polizeistation, eine geschlossene Bahnschranke zu stoßen; der Lange, der draußen steht und darauf wartet, daß alle applaudieren und die Lichter angehen, der die drei Türen im Augen hat, die wie eine einzige sind, oder die zwei Türen, die wie eine einzige sind, weil er an der Ecke steht, von der aus alle fünf Türen zu überblicken sind: »Entsichere«, wird er sagen, sobald der Beifall aufrauscht und die Lichter angehen und die Türhüter die roten Vorhänge zurückschieben, so daß die Ringe an den Stangen wie Spielmarken klappern werden ... Die Logen, rot im Halbdunkel; die scharlachroten Sesselbezüge; der karminrote Samt an den Logenbrüstungen, die weinroten Teppiche; Loge wie Haus, wie Alkoven, wie Bett zwischen hohen Borden; mich auf den Boden über den Staub legen, die Wange in der Ecke zwischen den Tapeziernägeln, den Kopf in die Dunkelheit geschmiegt, die Beine unter den Sitzen wie unter einem Dach, rot wie die Ziegel der Schneiderwerkstatt; mich wie ein Hund hinlegen auf das Mollige, das Flauschige, das den Boden weich macht; heimkehren in die Hütten der Kindheit, aus Brettern, Abfällen, Karton errichtet, wo ich an Regentagen, wenn alles – wie jetzt – Feuchtigkeit, Rauschen und Tropfen war, mich zwischen die nassen Hühner kauerte und auf Rufen keine Antwort gab, weil nicht zu antworten, wenn sie mich riefen, und zu wissen, daß sie mich suchten, wo ich nicht war, das Wohlgefühl meiner Einsamkeit im Halbdunkel erhöhte... Wir sind schon bei den abgebrochenen Walzern, aus denen nie Walzer werden, bei dem Flötengezwitscher; gleich werden die Trompeten blasen, die langen Trompeten, und die Frau mit dem Fuchs greift schon nach ihrem Pelz und befreit sich von etwas, das sie unter dem Rock beengt, weil sie glaubt, alle schauen zum Orchester; und im ganzen Publikum, das hier wie in der Kirche sitzt, beginnt dieses Aufflattern dem Körper zurückgegebener Hände, Ärmel, Finger, das Sichaufsetzen, das Überprüfen alles dessen, was man bei sich hat – das in der Kirche das *Ite missa est* begleitet. Ich atme tief durch, bin beruhigt, ganz beruhigt; endlich habe ich gefunden, was so einfach, so einfach, viel einfacher, das einzig Einfache war. Ich werde nicht hinausgehen. Sie werden applaudieren und die Lichter werden angehen, und unter den Lichtern fängt das Durcheinander an. Sie werden ihre Sachen zusammensuchen, die Pelze umhängen; sie werden die Juwelen zurechtrücken, damit sie gut sichtbar sind, werden sich über die Reihen

hinweg verabschieden, »es war wundervoll«, werden sie sagen und zum Ausgang hin Gruppen und langsame Schlangen bilden. Und es wird leicht sein, sich hinter dem Vorhang einer Loge zu verstecken und zu warten, bis alle gegangen sind; zu warten, bis die Logenschließer die Logentüren schließen, sobald sie nachgesehen haben, ob auf den Sitzen nichts liegengeblieben ist.
Und die zwei werden glauben, daß ich mit dem Publikum hinausgegangen bin, darunter gemischt, davon verdeckt; sie werden glauben, daß sie unter so vielen Gesichtern mein Gesicht übersehen haben, daß mein Körper unter zu vielen anderen Körpern zu unkenntlich war, als daß sie ihn hätten sehen können; und dann werden sie mich draußen suchen, in dem Café, in den Laubengängen, hinter den Bäumen und Säulen, in der Straße mit der Sattlerei und der Visitenkartendruckerei; womöglich werden sie denken, daß ich zur Alten ins oberste Stockwerk gegangen bin, um mich unter den schwarzen Leuten der Totenwache zu verstecken; vielleicht werden sie hinaufgehen und den verhutzelten Körper in seinem Sarg aus billigsten Brettern liegen sehen; vielleicht werden sie mich sogar im Aussichtsturm suchen, ohne zu ahnen, daß meine reinen Dinge, das Etui mit den Kompassen, meine ersten Zeichnungen dort im Koffer liegen. Sie werden nicht denken, daß ich hiergeblieben bin. Niemand bleibt in einem Theater, wenn das Schauspiel zu Ende ist. Niemand bleibt im Dunkeln vor einer leeren Bühne, auf der nichts gezeigt wird. Man wird die fünf Türen mit Riegeln, mit Vorhängeschlössern versperren, und ich werde mich auf den roten Teppich dieser Loge legen, wo die Leute in den hintersten Reihen schon aufstehen, und mich zusammenrollen wie ein Hund. Ich werde schlafen bis nach Tagesanbruch, bis in die Zehn-

Uhr-Helligkeit, bis über Mittag. Schlafen: zuerst schlafen. Danach beginnt eine neue Epoche.

Nach diesem großartigen Scherzo mit seinen Wirbeln und seinen Waffen, das Finale: Gesang der Freude und der Freiheit, mit seinen Festen und Tänzen, seinen jubelnden Märschen und seinem Lachen und dem reichen Rankenwerk seiner Variationen. Aber inmitten der Freude erscheint noch einmal der Tod, das Jenseits des Sieges. Diesmal aber drängt der Sieg ihn zurück. Und die Stimme des Todes geht unter... Fortissimo steigen die Streich- und Holzblasinstrumente des »Presto« ab, um sich beiden Seiten eines heiteren Bläserkonzerts zu öffnen. »Kann ich aufmachen?« fragte der Türschließer, als er sah, daß der Kassierer gereizt ein Buch zuklappte, ohne weiter auf die Klänge hinter dem zerschlissenen Damastvorhang zu achten. Alles in dieser Nacht erbitterte ihn: die versäumte Sinfonie, der Regengeruch in seinem einzigen Anzug, die Formen jenes Körpers, dessen laue Wärme er noch in seinen Händen spürte, das pochende Begehren und der Zorn, es nicht stillen zu können, die Dürftigkeit seiner obskuren Existenz – »hinter Gittern...« – und die Trübsal, die ihn in seinem unaufgeräumten Zimmer erwartete und seine Schlaflosigkeit noch quälender machen würde. Halblaut schimpfte er mit Estrella und nannte sie das, was sie war... Ihr Jammern über die Inquisition und das, was sie unter Drohungen ausgesagt hatte, kamen ihm ins Gedächtnis zurück; sicher hatte sie jemanden verraten, jemanden, der sich auf sie verlassen und nicht bedacht hatte, daß Hure Hure bleibt und Kehricht ihr Name ist; sicher, weil sie verpfiffen hatte, hatte sie nach Entschuldigungen gesucht, sich betäubt mit ihrem Gerede: »Ich geh aber nicht ins Frauengefängnis, ich will nicht aus dem Viertel wegziehen; und jetzt wollen sie auch noch wissen, mit wem man Leben sucht.« Und er hatte ihr zugehört, ohne zu begreifen, taub für alles, was nicht Erfüllung seines Wunsches gewesen war. Er schlug mit der Faust auf den Kassentisch und wiederholte unersättlich das Wort, das ihm am besten klang, seit er – ein paar fehlender Münzen wegen – aus dem Haus geworfen worden war. Links von ihm, neben dem *Beethoven. Seine großen schöpferischen Epochen* hing, in einem Rahmen aus gehälftetem Bambus, der Paragraph der staatlichen Dienstvorschrift für Veranstaltungen. *Der in diesem Lokal mit dem Verkauf von Karten an das Publikum Beauftragte übernimmt rechtzeitig vor der Veranstaltung die abgestempelten Eintrittskarten zwecks Kontrolle bzw. Berichtigung etwaiger Unstimmigkeiten oder Unklarheiten und liefert den geschuldeten Erlös während seiner Arbeitszeit ab, wozu er die Kasse eine halbe Stunde vor Beendigung der Veranstaltung absperrt.* Es regnete wieder, und das Rauschen des Wassers in den Bäumen, auf den Gehsteigen, auf den Granitstufen verschmolz mit dem Beifallsgetöse im Theater.

»Mach auf«, sagte der Kassierer und verschloß seine Tür. »Der Dirigent ist unter dem Hund. Er hat die Sinfonie so dirigiert, daß sie bestimmt nicht die sechsundvierzig Minuten gedauert hat.« Er sah zur Dachterrasse der Alten hinüber; gleich würde er sich vergewisssern, daß sie nicht gestorben war. Das Publikum drängte eilig aus dem Saal, aus Furcht, der Platzregen könnte noch stärker werden, denn der Wind, der vom Meer kam, ging schlechtem Wetter voraus, und schlechtes Wetter hatte tags zuvor auch die

Wetterwarte angekündigt. Die Seitentüren wurden geschlossen, und nur noch ein paar Nachzügler standen unschlüssig zwischen den Spiegeln und den Allegorien in der Vorhalle und diskutierten die Aufführung.
Da erhoben sich langsam zwei Zuschauer, die auf ihren Sesseln in der vorletzten Reihe sitzen geblieben waren, gingen quer durch das menschenleere Parkett, in dem die Lichter erloschen, beugten sich über die Brüstung einer schon im Dunkeln liegenden Loge und schossen auf den Teppich. Ein paar Musiker, im Hut und die Instrumente unter dem Arm, traten auf die Bühne, weil sie glaubten, die Detonation sei eine ungewöhnliche Wirkung des Gewitters gewesen, denn im selben Augenblick rollte ein lang hallender Donner über die Dächer des Theaters. »Einer weniger«, sagte der eben herbeigeholte Polizist und stieß mit dem Fuß gegen die Leiche. »Außerdem hat er mit falschem Geld gezahlt«, sagte der Kassierer und zeigte den Geldschein, auf dem der General verschlafen aussah. »Geben Sie her«, sagte der Polizist, weil er sah, daß der Schein echt war. »Der kommt zu den Akten.«

Caracas, den 20. Februar 1955

Bibliothek Suhrkamp

Verzeichnis der letzten Nummern

921 Jorge de Sena, Der wundertätige Physicus
922 Anatolij Kim, Der Lotos
923 Friederike Mayröcker, Reise durch die Nacht
924 Stig Dagerman, Deutscher Herbst
926 Wolfgang Koeppen, Tauben im Gras/Das Treibhaus/Der Tod in Rom
927 Thomas Bernhard, Holzfällen
928 Danilo Kiš, Ein Grabmal für Boris Dawidowitsch
929 Janet Frame, Auf dem Maniototo
930 Peter Handke, Gedicht an die Dauer
931 Alain Robbe-Grillet, Der Augenzeuge
933 Paul Celan, Gedichte 1938-1944
934 Leonid Leonow, Evgenia Ivanovna
935 Marguerite Duras, Liebe
936 Hans Erich Nossack, Das Mal und andere Erzählungen
937 Raymond Queneau, Die Haut der Träume – »Fern von Rueil«
938 Juan Carlos Onetti, Leichensammler
939 Franz Hessel, Alter Mann
940 Bernard Shaw, Candida
941 Marina Zwetajewa, Mutter und die Musik
942 Jürg Federspiel, Die Ballade von der Typhoid Mary
943 August Strindberg, Der romantische Küster auf Rånö
944 Alberto Savinio, Maupassant und der andere
945 Hans Mayer, Versuche über Schiller
946 Martin Walser, Meßmers Gedanken
947 Ödön von Horváth, Jugend ohne Gott
948 E. M. Cioran, Der zersplitterte Fluch
949 Alain, Das Glück ist hochherzig
950 Thomas Pynchon, Die Versteigerung von No.49
951 Raymond Queneau, Heiliger Bimbam
952 Hermann Ungar, Die Verstümmelten
953 Marina Zwetajewa, Auf eigenen Wegen
954 Maurice Blanchot, Thomas der Dunkle
955 Thomas Bernhard, Watten
956 Eça de Queiroz, Der Mandarin
957 Norman Malcolm, Erinnerungen an Wittgenstein
958 André Gide, Aufzeichnungen über Chopin
959 Wolfgang Hoffmann-Zampis, Erzählung aus den Türkenkriegen
961 August Scholtis, Jas der Flieger
962 Giorgos Seferis, Poesie
963 Andrzej Kuśniewicz, Lektion in einer toten Sprache
964 Thomas Bernhard, Elisabeth II.
965 Hans Blumenberg, Die Sorge geht über den Fluß
966 Walter Benjamin, Berliner Kindheit, Neue Fassung
967 Marguerite Duras, Der Liebhaber
968 Ernst Barlach, Der gestohlene Mond

969 Tschingis Aitmatow, Der weiße Dampfer
970 Christine Lavant, Gedichte
971 Catherine Colomb, Tagundnachtgleiche
972 Robert Walser, Der Räuber
973 Franz Rosenzweig, Der Stern der Erlösung
974 Jan Józef Szczepański, Ikarus
975 Melchior Vischer, Sekunde durch Hirn/Der Hase
976 Juan Carlos Onetti, Grab einer Namenlosen
978 Jürgen Becker, Felder
979 E. M. Cioran, Von Tränen und von Heiligen
980 Olof Lagercrantz, Die Kunst des Lesens und des Schreibens
981 Hermann Hesse, Unterm Rad
982 T. S. Eliot, Über Dichtung und Dichter
983 Anna Achmatowa, Gedichte
984 Hans Mayer, Ansichten von Deutschland
985 Marguerite Yourcenar, Orientalische Erzählungen
986 Robert Walser, Poetenleben
987 René Crevel, Der schwierige Tod
988 Scholem Alejchem, Eine Hochzeit ohne Musikanten
989 Erica Pedretti, Valerie
990 Samuel Joseph Agnon, Der Verstoßene
991 Janet Frame, Wenn Eulen schrein
992 Paul Valéry, Gedichte
993 Viktor Šklovskij, Dritte Fabrik
994 Yakub Kadri, Der Fremdling
995 Patrick Modiano, Eine Jugend
997 Thomas Bernhard, Heldenplatz
998 Hans Blumenberg, Matthäuspassion
999 Julio Cortázar, Der Verfolger
1000 Samuel Beckett, Mehr Prügel als Flügel
1001 Peter Handke, Die Wiederholung
1002 Else-Lasker-Schüler, Arthur Aronymus
1003 Heimito von Doderer, Die erleuchteten Fenster
1004 Hans-Georg Gadamer, Das Erbe Europas
1005 Hans Jonas, Das Prinzip Verantwortung
1006 Marguerite Duras, Aurelia Steiner
1007 Juan Carlos Onetti, Der Schacht
1008 E. M. Cioran, Auf den Gipfeln der Verzweiflung
1009 Marina Zwetajewa, Ein gefangener Geist
1010 Christine Lavant, Das Kind
1011 Alexandros Papadiamantis, Die Mörderin
1012 Hermann Broch, Die Schuldlosen
1013 Benito Pérez Galdós, Tristana
1014 Conrad Aiken, Fremder Mond
1015 Max Frisch, Tagebuch 1966–1971
1016 Catherine Colomb, Zeit der Engel
1017 Georges Dumézil, Der schwarze Mönch in Varennes
1018 Peter Huchel, Gedichte
1019 Gesualdo Bufalino, Das Pesthaus
1020 Konstantinos Kavafis, Um zu bleiben

Bibliothek Suhrkamp

Alphabetisches Verzeichnis